لا شيء يمكن أن يهربا من مصيرك

لا شيء يمكن أن يهربا من مصيرك

ALDIVAN TORRES

aldivan teixeira torres

CONTENTS

1

"لا شيء يمكن أن يهرب من مصيرك"
Aldivan Torres

لا شيء يمكن أن يهربا من مصيرك

مؤلف: Aldivan Torres
© 2020- Aldivan Torres
جميع الحقوق محفوظة

هذا الكتاب، بما في ذلك جميع الأجزاء، محمي بموجب حقوق النشر، ولا يجوز إعادة إنتاجه دون إذن من الكاتب، أو إعادة نسخه، أو نقله.

ألديفان توريس، كاتب مدمج بعدة أنواع. حتى الآن لديها عناوين نشرت بعشرات اللغات. منذ سن مبكرة، كان دائما عشيقا لفن الكتابة وقد عزز مهنة مهنية من النصف الثاني من عام 2013. وهو يأمل مع كتاباته أن يساهم في الثقافة الدولية، مما يثير متعة قراءة من لا يملكون هذه العادة بعد. مهمتك هي الفوز بقلوب كل قراء الخاص بك. بالإضافة إلى الأدب، أذواقه الرئيسية هي الموسيقى والسفر والأصدقاء والأسرة ومتعة المعيشة. "من أجل الأدب، والمساواة، والأخوة، والعدالة، والكرامة، والشرف الذي يتشرف به الإنسان دوما".

لا شيء يمكن أن يهربا من مصيرك

بعد رحلة طويلة
معبد ديني
الملاذ الأول
في السيناريو الثاني
في السيناريو الثالث
في السيناريو الرابع
في السيناريو الخامس
في السيناريو السادس
في السيناريو السابع
في السيناريو الثامن
الفلاح الغني والشابة المتواضعة
وداعا
العمل في البار
نصيحة
العمل في المزرعة
لم شمل العائلات
تكريم العريس
الرحلة
شهر في مدينة ريو برانكو
رد فعل عائلة روز
العودة إلى سيمبريس
محاولة العريس السابق للمصالحة
حفل الزفاف
ولادة الطفل الأول
إنشاء أول تجارة
افتتاح السوق
الازدهار
العائلة
فترة عشر سنوات
ريونيون
وإذْ تسلم بدورها في المجتمع
البحث عن الأحلام
تجارب الطفولة

لا أحد يحترم مشاعري الجنسية
الخطأ الكبير الذي ارتكبته في حياتي المحبة
خيبة الأمل الكبيرة التي شعرت بها مع زملاء العمل
التوقعات الكبيرة لحياتي
القديس الذي كان ابن الصيدلي
الرحلة
الوصول إلى المدرسة اللاهوتية
زيارة السيدة الخاصة بنا
درس حول الدين
محادثة في حلقة دراسية
الدخول إلى التجمع الانطباعي
التجول في البلاد كداعية
في قرية جنوبي إيطاليا
وفاة مؤسس المجمع
تعيين أسقف
غزو نابليون بونابرت
فترة المنفى
وداع البعثة

جابالبور - 4 يناير 2022

بعد رحلة طويلة

كنت قد خرجت للتو من الطائرة وكانت غير مستقرة في وفرة من السكان الأصليين في المنطقة. لقد كانت بالفعل مناظر طبيعية رائعة. ومع تشكل أعمال الإغاثة بين الجبال، والمشاة، والسيارات، والحيوانات التي تتنافس على الفضاء، كانت الهند دولة بالغة الغرابة. وشعرت بأني جيد بشكل خاص في هذا الفضاء الغريب الغامض.

عند إقلاعها من الطائرة، أتوجه إلى المطار قليلا. أتواصل باللغة الإنجليزية ويقودني أحد الموظفين المحليين إلى سيارة أجرة. كان الهدف الوصول إلى الفندق حيث كنت **أتوقع بالفعل**.

أنا أتلقى داخل الكابينة؛ أحيي السائق وأعطيك العنوان الذي تريده. أجلس بشكل مريح في المقعد الخلفي ثم أعطي المباراة. يبدأ عملي الأول في البلاد. ولحظة ما، أرى الأفكار المهمة عقلي. ماذا سيحدث؟ هل كنت مستعدا للتحدي؟ أين يمكنني العثور على السيد؟ وكانت هناك أسئلة كثيرة لم يرد عليها في الوقت الحاضر.

بدت المدينة لطيفة للغاية بالنسبة لي. وقد زحمنا بها، تقدمنا في الشوارع الضيقة وكأن الوقت لم يكن طويلا. ويبدو أن مسار التنوير استغنى عن الوقت والفضاء. ويبدو أن شكواني كانت أكبر من أي شيء. ولكن أيضا، فضول وإرادة الفوز ملأت لي تماما وجعلني رجلا يعمل عليه. ولم أكن أعرف متى أو كيف سيحدث ذلك.

كل هذا يقودني إلى تفكير كبير يتضمن حياتي الخاصة ومهنتي المهنية. رأيت الحياة كاختبار روحي عظيم. فالإنسان يزرع في البيئة الاجتماعية، وتنشأ صعوبات وطرق مواجهتهم، والامر متروك لنا لنشاطره. وإذا كنا سلبيين في الحياة، فلن نجني شيئا. وإذا كنا نشطين في مشاريعنا، ستتاح لنا الفرصة للفوز أو الفشل. وإذا فشلنا، يمكننا أن نستفيد من الخبرة المكتسبة في حالات جديدة. وإذا ما فزت، يمكننا أن نأتي بحلم جديد حتى يتسنى لنا أن ننشغل بعقولنا. الإنسان هو هذا: يعيش في بحث مستمر عن الله ونفسه.

وبالمرور في تلك الشوارع، أرى آثار الفقر والثروة التي ورثها السكان. لا شيء من هذا مطاردة كونية. يمكن تشكيل كل شيء حسب إرادتنا. وهذه ليست حتى مسألة أنانية. هو طريق أن يحقق أهدافك لأن لاشيء يكون بنيت على أرض دون المال. إن امتلاك المال لا يعطيك المسؤولية عن تطورك الشخصي. ويتعين علينا دوما أن نمارس أعمال الخير لكي نكتشف السعادة الحقيقية ونواجه المبدع لكل ما هو مبدع.

تصل الكابينة أخيرا. أسلق سلالم الفندق وأستريح في شقة في الطابق الأول. أحزم حقائبي وأشعر بالحرية. بعد

ذلك، أغادر الشقة وأتحدث إلى أحد الموظفين المحليين. أحدهما مهتم جدا بمنزلي وهو مستعد لأن يكون مرشدي.

يوسف

لقد أعجبت بك حقا. مواقفك وأفعالك وطريقة كونك تبدو غريبة جدا بالنسبة لي. ما اسمك ومن أين تأتي؟

إلهي

اسمي إلهي، ابن الله، المشرف أو الديفان توريس. أنا أحد الكتاب البرازيليين العظماء.

يوسف

آه، هذا رائع. أحب الشعب البرازيلي. كنت أشعر بالفضول. هل يمكنك أن تخبرني قليلا عن قصتك؟

إلهي

بطبيعة الحال، سوف أكون سعيدا بذلك. ولكنها قصة طويلة. استعد. نبي وإكمال الشهادة في الرياضيات. والعواطف العظماء هما الأدب والرياضيات. كنت دائما عاشقا للكتب وبما أنني كنت طفلا، كنت أحاول أن أكتب لي. عندما كنت في السنة الأولى من دراستي الثانوية، جمعت بعض المقتطفات من كتب الإكليستيس، والحكمة، والأمثال. كنت سعيدا بشكل لا يصدق على الرغم من أن النصوص لم تكن خاصة بي. لقد أظهرته للجميع، بفخر كبير. لقد أكملت الدراسة الثانوية، وأخذت دورة في استخدام الحاسوب، وتوقفت عن الدراسة لبعض الوقت. ثم دخلت إلى دورة تقنية في مجال التكنولوجيا الكهربائية تنتمي في ذلك الوقت إلى المركز الاتحادي للتعليم التكنولوجي. ومع ذلك، أدركت أن المنطقة ليست بالنسبة لي علامة على القدر. وكنت على استعداد للترنبة في هذا المجال. مهما، اليوم قبل الاختبار كان أنا كنت ذهبت أن يأخذ، قوة غريبة باستمرار طلب أنا أن يستسلم. وكلما مر وقت أطول كلما زاد الضغط الذي تمارسه هذه القوة. إلى أن قررت عدم إجراء الاختبار. هدأ الضغط، وكذلك هدأ قلبي. أعتقد أنه كان علامة على القدر كي لا أذهب. ويتعين علينا أن نحترم حدودنا الخاصة. قمت ببعض المسابقات؛ وقد تمت الموافقة علي وأمارس حاليا دور مساعد إداري تعليمي. منذ ثلاثة أعوام كان لدي علامة أخرى على القدر. كان لدي بعض المشاكل وانتهى بي الأمر إلى حدوث عطل عصبي. ثم بدأت الكتابة وفي وقت قصير ساعدني على التحسن. وكانت النتيجة كلها الكتاب: رؤية للوسيط، الذي لم أنشره. كل هذا أظهر لي أنني كنت

قادرا على الكتابة وأن لي مهنة جديرة. بعد ذلك، مررت مسابقة أخرى، واجهت مشاكل في العمل، وعاشت مغامرات جديدة في السلسلة التي كان لها حب كبير وخيبة أمل مهنية. كل هذا جعلني أنضج حتى أكون الرجل الذي أكون اليوم.

يوسف

مثير للاهتمام. يبدو لي مسارا رائعا. أنا أبسط. أنا ابن راهب، وقد تعلمت أسرارا من ديني معه. كما بحثت أكثر عن الثقافة ونمت كإنسان. لقد أشارت الكيانات الخاصة بي إليك كشخص خاص. أود حقا أن أتعرف عليك بشكل أفضل.

إلهي

حسنا، هذا هو. أنا مهتم بالاجتماع بك أيضا. دعونا نقوم بهذا التبادل الثقافي. أريد أن أعرف المزيد عن بلدك وثقافتك. سوف ننمو معا نحو التطور.

يوسف

ثم اتبعني.

لقد أجبت على مكالمة الخبير. أخذنا سيارة أجرة وبدأنا السير في شوارع المدينة. حقا، كنت أستمتع بكل ما كنت أشهده. كل شيء كان جديدا للغاية ومثير للاهتمام. وقد شجعني هذا على ملاحظة كل شيء بالتفصيل من أجل كتابة عملي التالي.

تمشي في دوائر ثم بشكل مستقيم، أتطلع إلى نافذة السيارة كل الحركة في الشوارع. لقد شعرت بالسعادة والسرور ومليئة بالأفكار. وجدت نفسي مستلهما من إنتاج مظاهر الحياة الجيدة لكل من رافقني. لقد كتب كل شيء في كتاب الحياة والمصير، وكان كافيا أن نؤمن به. عندما نمشي، أبدأ محادثة.

إلهي

كيف يمكنك تعريف مدينة جابالبور؟

يوسف

وتعد مدينة جابالبور ثالث أكبر مدينة من حيث عدد السكان في مقاطعة مادهيا براديش، كما تعد أكبر تجمع حضري في البلاد في السابع والثلاثين من نوعه. نحن مدينة مهمة في السياق التجاري والصناعي والسياحي. كما أننا مركز تعليمي مهم.

إلهي

ما أصل اسم جابالبور؟

يوسف

ويقول البعض إن ذلك كان بسبب سج تأمل على ضفاف نهر نارمادا. ويقول آخرون إنه كان بسبب حجارة الجرانيت أو الأحجار الكبيرة الشائعة في المنطقة.

إلهي

رائع. جيد بشكل خاص. استمتعت بمعرفة المزيد عن هذا المكان.

السيارة تعطي نتوء ومشاعر أكثر راحة. وكان كل شيء ينتقل إلى اجتماع الثقافات والتقاليد. وفي ذلك الوقت، من الضروري إعطاء الاولوية للمعارف والحكمة التي يمكن اكتسابها. بعد البرنامج، يمكن أن تغزو تحرير الذات الداخلية، طاقة قوية جدا لدرجة أنها يمكن أن تجعلنا نحقق التنوير. لم يكن من المستحيل قهر أي شيء على الإطلاق لأن الإيمان يمكن أن ينتج معجزات عظيمة.

تتحرك السيارة من جانب إلى آخر، ونحن نجد أنفسنا مبعثرة في أفكارنا الخاصة. وبينما كان الخبير مستعدا للتشكيك في نفسه ووضع استراتيجية للتعلم، سافرت في قصتي القديمة في الحياة. وقد عززتني العملية الإبداعية السابقة بأكملها بهذه الطريقة وألهمت إلى إنشاء عوالم ومفاهيم. وكان من الضروري أن تغمر نفسك في قلب الكون ذاته، وأن تقوى مع كيانات الطاقة، وأن تستكشف التحكم في النفس كان تحديا كبيرا.

هكذا وصلنا إلى مركز التدريب.

معبد ديني

مواقف السيارات أمام المعبد. ذهبنا إلى أسفل، دفعنا السائق، وبدأنا نسير نحوه.

يوسف

نحن في مكان مقدس. هذا هو المكان الذي تعلمت فيه أن أكون راهب حقيقي. هنا نعمل مع سوائل نشطة جيدة.

يتطلب تسليط الضوء على طاقتنا. الكلمة الأنسب هي التعلم.

إلهي

شكرا لدعوتي. نحن هنا لتبادل الطاقة. أنا متأكد من أنها ستكون تجربة مذهلة.

يوسف

بالتأكيد. وسيكون الشرف لي جميعا.

الملاذ الأول

إنهم يدخلون المبنى الكبير، ويحفظ الأشياء في غرفة، ثم يذهبون إلى التدريب الروحي. الآن كان الوقت الفعلي للنمو والتطويقات كمعلم روحي. كانت مصادر الغليان الجسدية التي قام بها قد غمرت أشياء مروعة في ذهنه وكأن القوة الداخلية قد استيقظت.

وعند علامة السيد، فإنهم يحملون أيديهم ويحاولون تركيز طاقتهم الحيوية. فالطقوس تجعلهم واعين وفي الوقت نفسه بعقل مفتوح بشكل لا يصدق.

يوسف

لا يعرف الكثيرون الوجهة التي يجب اختيارها أو الاتجاه الذي يجب اتخاذه. هم أغنام بحثا عن راعي. ولا يعرف آخرون أي من المعتقدات السياسية، أو السياسية، أو الإيديولوجية، أو الجنسية، أو الدين كان مقدرا لهم. التوقف والتفكير والتأمل. حاول الاستماع إلى صوت حدسك. حاول الاتصال بقوى الطاقة الإلهية. وعندما نتصل بهذه الطاقات، يمكننا أن نتخذ قراراتنا الخاصة. هذا بغض النظر عن إيمانك. كل خيار صالح طالما أنه لا يضر بالخيار التالي. وفي العالم، أمامنا خياران: اختيار مسار الظلام والخيار الآخر هو طريق الخير. وهذا ينعكس أيضا على مواقفنا وردود فعالنا. ولا يمكننا أن نتحدث بطريقة أفضل. كلها مسارات للتعلم وليست محددة.

إلهي

إنه مسار التعلم هذا الذي أريد أن أتخذه. أحب هذا الأسلوب في تجربة الأحاسيس المتنوعة والمستقلة. فالمعرفة هي سلاحنا العظيم ضد الكراهية والعنف. وعلينا أن نكافح بشجاعة من أجل مثلنا العليا.

ويتعين علينا أن نسعد بعضنا البعض وأن نسمح لأنفسنا بأن نكون سعداء. نحن جميعا نستحق السعادة على هذا الطريق للمتدرب الأبدي.
كيف يمكنني تحقيق هذه الدرجة من التحرر الروحي؟

يوسف

علينا أن نتخلى عن الأشياء الخطيرة. ويتعين علينا أن نختار الاختيار الصحيح. ويتعين علينا أن نختار الخير، وأن نكون إلى جانب مجموعة المثليين، وأن نكون إلى جانب السود، والنساء، والفقراء. يجب أن نقف إلى جانب المستبعدين ونتقاسم معهم نفس الخبز. يجب أن نفعل ذلك من أجل الله، لأنفسنا، من أجل معجزة الميلاد، ومن أجل مجد الوجود، ومن أجل تخفيف الألم العاطفي والبدني، ومن أجل الحصول على قوة أكبر للكفاح من أجل أهدافك، وكتابة قصتك الخاصة بطريقة كريمة. عندما نتخلى عن كل الشرور، نحن نسمي رجل حكيم.

إلهي

أقوم بكل ذلك بالفعل. أنا في صف المضطهدون والمتعرضون للتمييز. وأنا أتحلى بالشجاعة الكافية لكي أحدد نفسي كدخيل. وإنني أشعر بنفسي كل يوم بمعاناة التعصب وعدم التسامح. إذا كنت إله، سأكون إله الفقراء والمستبعدين.

يوسف

إنه رائع رائع، ألديفان. أنا أعرف عنك. هناك لحظات نحتاج فيها إلى الشجاعة والتعريف والعزم في حياتنا. نحن بحاجة إلى أن نتدفق بغريتنا المتفوقة وننفذ المعجزات. يجب أن نكون مبادحين وأن نفعل المزيد للآخرين. آسف على ما تعلمته. دعنا نذهب إلى المقام التالي.

ويسير الاثنان جنبا إلى جنب بحيث تتدفق الطاقة بشكل صحيح وتنتقل إلى السيناريو الثاني.

في السيناريو الثاني

والواقع أن الصديقين في السيناريو الثاني بالفعل. ينظم الخبير البيئة الكاملة للطقوس: وعاء وكعكة وطاولة في الوسط. ويستخدمون الزجاج لتناول المشروبات الكحولية وتناول الكعكة. في هذا، يمكن سماع أصوات غريبة في المعدة. عندما تنفجر في أماكن مسطحة، فإنها تولد دخانا في كل مكان.

يوسف

إن العالم، في يومنا هذا، مليء بالتحيزات والتمييز. من ناحية، النخبة البيضاء، الغنية، الجميلة، السياسية وعلى الجانب الآخر، الفقراء، القبيح، الرائحة والمرأة. إن العالم الممتلئ بالقواعد يتم وفقا لرغبات أهل النخبة. فهي وحدها التي تتمتع بفوائد الشعور بالفوق والحب والإعجاب. وفي حين يتعرض الذين يتعرضون للتمييز للاضطهاد ولا يستطيعون إلا أن يتنفسوا أو يعيشوا في سلام. إن العالم يحتاج إلى العديد من التغيرات البنيوية. فنحن في احتياج إلى سياسة عادلة للجميع، ونحن في احتياج إلى المزيد من خلق فرص العمل، ونحن في نهاية المطاف نحتاج إلى المزيد من الإحسان واللطف، لكي نتمتع بمجتمع جديد حيث الجميع متساوون حقا في الفرص والحقوق والواجبات.

إلهي

شعرت به على بشرتي يا صديقي. ابن المزارعين، من سن مبكرة تعلمت الكفاح من أجل تحقيق أهدافي. على هذا الطريق، لم أحصل على مساعدة من أي شخص باستثناء مساعدة أمي. كان على أن أتقاتل بشجاعة من أجل أحلامي. عندما نعمل بجد، الله يبارك. هذه هي الطريقة التي حققت بها أهدافي تدريجيا دون المساس بأي شخص. ومع تحقيق كل نصر، شهدت أحاسيس طيبة إلى حد غير عادي. إنه مثل الكون يعطينا كل خيرات بلدي. في هذا، نحن يستطيع اعتبرت التالي يقول: الذي نباتات، يحصد!

يوسف

والأمر الأسوأ على الإطلاق هو أن هذا التحيز يتحول إلى كراهية وعنف وموت. فهناك عصابات متخصصة في قتل الأقليات، وهذا أمر محبط للغاية.

إلهي

افهم. ويبدو أن شعوب العالم لم تتعلم من هذا الوباء. وبدلا من أن يحبوا بعضهم البعض، فإنهم يقتلون ويصيب ويغشون. لقد فقد معظم الناس قيمهم الأساسية للتعايش. كيف إذن أن نتعافى أمام الله؟

يوسف

وفي هذا الصدد، يمكننا أن نلاحظ أنه بسبب أشياء العالم، بسبب المجد أو المركز الاجتماعي، بسبب دورات الحياة الطبيعية، بسبب دورات التطور، وبسبب التسليم النهائي، فقد كثيرون في الآثام. وهذا يجعل الإنسان لا يتطور بالكامل أبدا.

إلهي

كل هذه الأشياء سريعة الزوال. يجب علينا أن نغرس الحكمة والمعرفة والثقافة والخير والإحسان من بين أشياء أخرى. وآنذاك فقط سوف يكون بوسعنا أن نحضر تقدما ملموسا على مسار التنوير.

يوسف

ولكن هذا نتيجة الإرادة الحرة. إذا كنت حرا، فأستطيع أن أختار بين الخير والشر. وإذا كنت أفضل الظلام، فأنا أيضا أعاني من العواقب. أخمن عندما لا تتعلم في الحب، تتعلم من الألم.

إلهي

إن الخيار الأكثر حكمة الآن هو أن نتعلم في الحب. وهذا يعني أننا لابد وأن نكون أقل مطالبة وأكثر عملا. ولهذا نحتاج إلى التخلص من الأحلام ووضع الآخرين في نفس المكان. علينا أن نغير ما هو خاطئ معنا، ونمشي بعيدا ونختار قريب من من الذي هو جيد لنا. وكل ما يتم مع الحب يولد المزيد من الطاقات الإيجابية.

يوسف

أوافق. ولكن هناك أناس معتدون حقا. مخلوقات جهنمية لا تعطي الآخرين السلام. لا أفهم كيف يمكن لأي شخص أن يسبب ضررا لجاره. إن عبء الضمير الثقيل في النوم يدمر سلام أي شخص. ذلك جحيم حي على الأرض.

إلهي

ولهذا يجب علينا أن نعرض أمثلتنا الإنسانية. ومن خلال إنشاء مشاريع جيدة، يمكننا تشجيع الآخرين على سلوك نفس المسار. أعتقد أنه ينبغي مشاركة الأعمال الخيرية، حتى يشعر المزيد من الناس بالإلهام للمساعدة.

يوسف

ولن يساعد الناس بأي حال من الأحوال. الانانية سائدة في العالم. ولكن بالنسبة لهؤلاء الذين توعيتهم فإن السماء أصبحت أقرب إلى السماء.

الدخان منخفض. هم يدمرون المشهد ويخرجون من النشوة ذهانية. وكان ذلك انعكاسا عظيما. والآن سيذهبون إلى السيناريو التالي ويعيشون تجارب جديدة.

في السيناريو الثالث

يمشون بعض الخطوات ويخطون السيناريو الجديد بالفعل. وقد قاموا بإنشاء نوع من الكوخ والجلوس في وضع التأمل. ثم يستمر الحوار.

يوسف

وهو الذي يسير على طريق الخير، الذي يقوم بكل ما يقوم به من عمل لصالح البشرية، التي لم ترتكب قط أخطاء خطيرة، يسمى مبشرا. وهناك عدد قليل من الأرواح في هذه الدرجة من التطور. ما سرها؟ أعتقد أن الارتباط بقوة أكبر. وبالاسترشاد بكيانات الخير، تستطيع أن تفهم مصيرها على وجه أفضل على الأرض وأن تؤتي ثمارها.

إلهي

وبالفعل، وعلى النقيض من ذلك، فإن الناس الذين ليس لديهم أي ثمرة هم الذين يعانون من صعوبات في الحياة. فهم يفضلون الطريقة السهلة، ويدمرون بدلا من الجمع. لذلك، هم يعانون في ثيران روحية. ما الذي كان مفقودا منهم؟

يوسف

كنت افتقد الايمان لهم. وفي مواجهة الصعوبات، فضلوا أن يتداعلوا بدلا من أن يتخذوا موقفا مختلفا. أنا آسف عليهم. ولكنهم سوف يجنون ما زرعوا.

إلهي

كيف يمكننا التغلب على العالم؟

يوسف

المثابرة في الإيمان والقتال من أجل أهدافك. ومن خلال الميل إلى مسار الخير، فسوف يكون بوسعهم أن يبايعوا نظرة عامة حول طبيعة العالم وأن يتخذوا أفضل الخيارات. كل ما عليك فعله هو أن تؤمن بنفسك.

إلهي

ما سر النجاح؟

يوسف

لتكون أصيلة. لا ينبغي على الإنسان أبدا أن يرفض الاعتراف بأصوله. ويتعين على المرء أن يعمل على حنق خطوات السعادة، وأن يعمل بجد واجتهاد من أجل الحصاد في وقت لاحق. تذكر دائما أن وقت الله مختلف عن عصرنا.

إلهي

ما رأيك في الأشخاص الذين يتظاهرون؟

يوسف

وهذا خطأ بشري كبير. وكثير منهم يفعلون ذلك لحماية أنفسهم لأنهم عانوا كثيرا في حياتهم. وكان هذا الموقف نتيجة للبيئة الاجتماعية التي أدرجته. وهذا يحرمك من خبرات اجتماعية مهمة.

إلهي

ما هي عواقب ذلك؟

يوسف

فهم يدمرون حياتهم بسبب الافتقار إلى افتراض حقيقتهم الحقيقية. وحين نفترض من نحن، فإننا بهذا نكون قد وفرنا نوعا من السعادة. وحتى لو كان العالم مخالفا لقواعدنا، فبوسعنا أن نكون سعداء على المستوى الفردي. لا يوجد خطأ في وجود قواعد خاصة بك.

إلهي

ولهذا السبب لدينا القول: حياتي، قواعدتي. ويجب ألا نسمح للمجتمع بالتدخل في حريتنا الفردية. وعلينا أن نتمتع بحرية الكلام والأفعال ما دامت لا تضر بجارتنا.

انتهت الجلسة. إن الطقوس لا تزال، وهي تشعر بأنها أكثر اكتمالا. فقد تحقق بالفعل تقدم ملحوظ، ولكنهم كانوا راغبين في إحراز المزيد من التقدم. كان الهدف هو مشاركة الأفكار.

في السيناريو الرابع

اشتعال النار. يقوم الاثنان بعمل دائرة من الضوء حول النار وبدء الرقص. فالطاقة المتراكمة للجهتين تسبب انفجارات وتتحول إلى علة.

يوسف

فالنار عنصر أساسي في حياتنا. إنه عنصر أساسي للروح والجسد والسحر الطبيعي. ومن خلاله يمكننا أن نتلاعب بالأوضاع والمائس. فالنار تنقي وتنهر المحاربين.

إلهي

ولكنه أيضا شيء آذى ويدمر. ويتعين علينا أن نتوخى الحذر في التلاعب بهذه الأمور حتى لا نتعرض للأذى. ويتعين علينا أن نتحالف مع قوة النيران في بناء مواقف مفيدة. لذا، يتعين علينا أن نفعل نفس

الشيء في محاكمات الحياة. ويتعين علينا أن نكافح أقل وأن نعمل معا على نحو أكثر تجمعا. ويجب علينا أن نغفر ونمضي قدما. ويتعين علينا أن نتجاوز الأشياء الطيبة ونستوعبها. كل شيء يستحق ذلك عندما لا تتقلص الروح.

يوسف

نحتاج إلى توجيه قوة الحريق. ولهذا يجب أن نغير أعمالهم في كل حالة من حالات المخاطر. متحالف مع حسن نوايانا، يمكننا إطلاق هديتنا الداخلية وتحويل مصيرنا. ونحن نستطيع، بل ويجب أن نعمل، في كل حالة من أوضاع حياتنا، أن نكون من أطراف تاريخنا.

إلهي

الحقيقة. وسوف يبين لنا هذا التوجيه من نحن وما نريده. وبمعرفة ما نريده بالضبط، يمكننا وضع استراتيجيات مقنعة ودائمة. وعندما يكون هناك تخطيط جيد، فإن فرص الفشل تتضاءل إلى حد كبير.

يوسف

فضلا عن ذلك فإن أولئك الذين يسيطرون على قوة النار يعملون على درء الجهل. فلكل من هو الخبير في النار، يسيطر على نفسه، يعمل بجد في أهدافه، ويفي بواجباته والتزاماته. ومن يتطور بطريقة تحتقر العيوب وتشيد بصفاتهم يسمى عذاب.

إلهي

إن هذا الجهل مشكلة كبرى. فالكثير منهم يمرون بها ويهدمون المنازل والأوضاع. ونحن بحاجة إلى التغلب على الخلافات، وتنظيم روتيننا بطريقة يمكننا بها أن نجرب استراتيجيتنا للنصر ونجني ثمار مزرعتنا. إذا كانت الفاكهة جيدة، فهذا إرضاء لله.

يوسف

وهذا يقودنا إلى معنى الحياة. فالوجود هو مجموعة متشابكة من الحالات التي تفضي إلى تحقيق الإنجاز. ويتعين علينا أن ننظم استراتيجيتنا بالكامل حتى يتسنى لنا أن نربط مع الكائنات الحية الأخرى من أجل تنمية حكمتنا، ووعيتنا، وإيماننا، وحريتنا، ونطاقتنا الحيوية. ويتعين علينا أن نكون في العالم لكي نعيش بشكل جيد وعلى نحو متزايد.

إلهي

ومن هنا يأتي العمل من خلال الإرادة الحرة. وقد يكون لنا مستقبل مفيد، ولكننا لسنا على استعداد دوما للتضحية بأنفسنا في سبيل تحقيق

هذه النفع. يتضمن ذلك التسليم، العطاء، التأمل، التناغم، الاهتزاز الذهني، الرغبة والحجة. من الضروري أن نفيق من حساسنا المتفوق ومن خلال تحويل العلاقات. من الضروري أولا أن تكون معقلا.

وهناك صمت محرج معلق بين الاثنين والطقوس لم يعد قائما. وهناك حقائق عظيمة تبرز في مقدمة هذه التجارب المهمة الموجزة. أكثر من العيش، يجب أن تجرب وتطور. ولهذا، يغادرون الموقع ويتنقلون إلى السيناريو التالي.

في السيناريو الخامس

كما أنها تقوم بترتيب بيئة السيناريو الخامس. إنها تضع تماثيل القديسين، مصممة جيدا وستائر زهرية، بخور مع عطر نادر وخنجر مقدس. مع الخنجر، هم يجازرون على الأرض والدخان يرتفع. هم يذهبون داخل نشوة روحانية.

يوسف

ماذا تقول للثروة؟ وجدت هذا البحث عن المال سريع الزوال جدا. فالناس يدمرون الآخرين، ويستخدمون طبيعة غير محولة لإلحاق الأذى بالآخرين، ولا تبرر الأهداف الأفعال الشريرة. نحن بحاجة لكسر هذه السلسلة من أهمية المال، نحن بحاجة إلى تقدير ما هو مهم حقا: الإحسان، الاحترام، الحب، الصداقة، التسامح بين أشياء مهمة أخرى.

إلهي

فالمال أمر مهم، ولكنه ليس كل شيء على الإطلاق. يمكن أن يكون لدينا المال وأن يكون لدينا أعمال خيرية. ما يعرف الشخص ليس قوته الشرائية. فالناس تحددهم مواقفهم وأعمالهم. وهذا هو ما يظل تراثا أبديا.

يوسف

أوافق. ولتجربة نكهات العالم، نحتاج إلى المال. لكل شيء تقريبا، نحتاج إلى هذا الدعم المادي. وهذا يفسر هذا البحث الجنون عن المال. ولكن لا ينبغي لهذا أن يكون الأمر المهم الوحيد. ويتعين علينا أن نطرح منظورا جديدا للحياة.

إلهي

إن جمع المال لا يعني خيانة الأمانة. هناك أشخاص ناجحون بالفعل. ولا ينبغي أن يكون هذا بمثابة معامل لأحكامنا. ولكن يتعين علينا أن

نقف ونضع أنفسنا في الأشياء الضرورية في الحياة. ونحن نحتاج دائما إلى أن نكون فعالين في حياة الآخرين. نحن نحتاج أن يحصل يخلص من الأشياء [دوور] أن يكون سعيدة.

يوسف

أما عن مسألة التبرع، فأحلل أن التبرع أكثر أهمية من تلقي التبرعات. والتبرع يثير في أذهاننا أحاسيس ضرورية لتطور روحنا. ومن يستلم التبرع تلبى حاجاتهم إنه شعور مزدوج جيد.

إلهي

المشكلة الوحيدة هي المتسولين المزورة. العديد منهم يتقاعدون ويظلون يطلبون الزكاة. لقد رأيت تقارير عن العديد منهم يقولون إنهم لا يريدون العمل لأنهم يكسبون أكثر من النشرات. ويسمى ذلك بالاحتيال أو التجارة الاحتيالية.

يوسف

وهذا يحدث كثيرا. ويتعين علينا أن نتوخى الحذر الشديد في التعامل مع هذا الأمر. هناك ذئاب في ملابس الأغنام. ويتعين علينا أن نتوخى الحذر حتى لا نخدع.

إلهي

أن أولئك الذين يتلقون تبرعات صادقة لا يحافظون عليها. الاستمتاع بالطعام أو الأشياء وفقا لسعتها. وإذا ما دفعوا أكثر مما ينبغي، فإنهم يفعلون ذلك أيضا. إن العالم يحتاج إلى اتحاد التضامن هذا.

يوسف

فليبارك الله فينا دائما. الله يبقنا في الثروة أو الفقر، الله يبقينا في عواصف الحياة، لا قدر الله المرض والطاعون المعدي. على أية حال، لا سمح الله لكل الشر.

إلهي

كيف لنا أن نستمتع بمتع الحياة؟

يوسف

يجب أن نستمتع بروائع الحياة بأقصى ما يمكن من التعبير عنها. ولا يمكننا أن نرفض أي شيء لأننا لا نعرف غدا. أولئك الذين يرفضون الاستفادة من متع الحياة يتوبون بإخلاص. يجب علينا أيضا أن نتحرى أسرار الوجود. نحن بحاجة إلى استخدام الهدايا الروحية الخاصة بنا وتحمل الثمار. وحينئذ فقط سنعيش حياة كاملة.

إلهي

نعم، الدورة البوذية تزودنا بذلك. فهو يحرر أنفسنا من التيارات الخفية التي تربطنا بالاهتزازات المنخفضة. مع العلم بكيفية التحكم بدورة الحياة، يمكننا تحقيق تقدم روحي مذهل.

يوسف

صحيح أنها دورات بديلة. بالاستمتاع بالمتعة ونبذ الأشياء الدنيوية، يمكننا أن نرعى هذه الدورة. هذا يخلق متشابك الأشياء أن مع إيمان ينتج مواقف غير متوقعة. إنها فكرة جيدة عن الحكمة.

إنهم يتخرجون من الترانس ويخرجون من المجموعة ويذهبون إلى القسم التالي. وكان التدريب سببا في زيادة نمو هذه البلدان على نحو متزايد.

في السيناريو السادس

يتم إعداد مراسم الطقوس مع البيرة، لوحة عصر النهضة، والبلى القذر. إضاءة ضوء مضيئة حولها، فإنها تجعل البخور سريعة لتكون قادرة على الدخول في الترانس. وفي ذهنهم، فإنهم يتأملون الماضي والماضي والمستقبل كطيور سريعة. وفي الوقت نفسه، يتحدث كل منهما مع الآخر.

يوسف

في العالم، هناك الحيوية والعماد. ولكنها كلها مكونات مهمة في تكوين الكون. وكل منا يؤدي وظيفته، فنحن عملاء للتاريخ بمرور الوقت. هذه القصة تكتب الآن من قبل كل منا. يمكن أن تكون قصة حزينة أو قصة جميلة. وما يهم هو المساهمة النشطة التي يقدمها كل منا للكون.

إلهي

أشعر بجزء لا يتجزأ منه بطريقة فريدة. لقد اتصلت بنجل الله من قبل الكيانات، كنت قادرا على فهم أحلك أسرار الكون. ومن خلال التجارب المحبطة والمؤلمة، تمكنت من التطور روحيا وأصبحت خبيرا في الحكمة. لقد نشأت من خلال جهدي الخاص. لقد زرت موهبتي كما يوصي الكتاب المقدس. لم أخف عن العالم. لقد افترضت هويتي وواجهت القوى المعارضة. إنهم أناس يدينون لي إلى جهنم لدعمي التمييز الذي يعاني منه المجتمع، وهم شعب مهجور يحتاجني إلى أن يكون لدي بعض الأمل في التمثيل. أنا صوت المستبعدين. أنا إلههم.

إن إدراك هذا الدور في المجتمع أمر أساسي في مسيرتي المهنية في الكتابة. ومن منطلق إدراكي لهذه الحقيقة، فقد أصبح كل شيء أكثر منطقية بالنسبة لي. ونحن لسنا وحدنا في العالم. إننا أقوياء، ويمكن أن نمثل مكاننا في العالم حتى ولو كان التعصب الديني يديننا.

يوسف

كما قلت، نحن لسنا وحدنا. متحدون، نحن يستطيع يتلقى القوة أن يتفاعل ضد الخصوم. نحن لا نريد الحرب تحت أي ظرف من الظروف. نريد الحوار والقبول. ونحن نريد أن تحترم حقوقنا لأننا نملك الحق في ذلك. لا مزيد من القتل والملاحقة. نحن بحاجة إلى السلام في هذا العالم الذي يطارده الفيروس. وهل تعرف لماذا دخل الفيروس إلى العالم؟ بسبب الخطيئة البشرية. نحن جميعا في الخطيئة. فقط لأنك متابع للدين لا يعني أنك ليس لديك خطيئة. لذا فلا تحكم أبدا على الشخص التالي. انظر إلى عيوبك أولا وانظر إلى مدى عيوبك.

إلهي

وبهذا وصلنا إلى دورة البوذي. لن يحدث تطورك إلا عندما يكون هناك تسامح وحب في قلبك. علينا أن نضع أنفسنا في أحذية بعضنا البعض، وأن نغفر ولا نحكم. ويتعين علينا أن نوقف التعصب الديني. علينا أن نتتبع الله، وليس الأديان. إنه شيئين مختلفين تمام الاختلاف.

يوسف

الحقيقة. وهو يستخدم كحجة للأديان أن العديد منهم يرتكبون الشر. هو باسم المال الذي العديد يخسر خلاصهم. إنها حروب خفية يتخيلها كل واحد في نفسه.

إلهي

ولهذا السبب، يتعين علينا دوما أن نقيم قيمنا أخلاقية جيدة في كل أشكال الحياة. لا ينبغي أن نقتل الحيوانات بسبب الرياضة أو الطقوس الدينية. ويجب أن نحافظ على الحياة بوفرة.

يوسف

هذه ممارسات شريرة. الإنسان يتصرف مثل رب الكون، لكنه في الواقع نقطة صغيرة في الوجود. حتى كوكبنا العملاق بالنسبة لنا نقطة صغيرة في الكون. لذا، دعونا نكون أقل فخرا وأبسط.

انتهت الطقوس. يجمع كل واحد متعلقاته الشخصية ويريح. سيكون النوم أول ليلة في مثل هذا اليوم المزدحم. ومع ذلك، ما زالت هناك رحلة طويلة يتعين قطعها.

في السيناريو السابع

بزوغ فجر. العصابة تصل، تغرق أسنانها، تأخذ حمام، وتأكل الإفطار. بعد ذلك، هم على استعداد لإعادة بدء التعلم الروحي. كان طريقا جميلا مصانعه من اللقاءات والاكتشافات. طريق الأمانة والإخلاص والبهجة.

هذه كانت المغامرة العظيمة للبعض الحالم، شخص ما كان دائما يؤمن بنفسه. وحتى في مواجهة الصعوبات الكبيرة التي تفرضها الحياة، فإنه لم يفكر قط في التخلي عن الفن الذي كان يحلم دائما بالاعتراف الأدبي به، وفي كل يوم كان أقرب. وكان ببساطة سعيدا بكل العروش التي تحققت.

اجتمعت المجموعة الثنائية في السيناريو السابع. إنهم يتهلمون للدخول في الترانس وعندما يفعلون، يبدأون في التباب.

يوسف

مرشدنا العظيم هو المعرفة. وبمساعدة ذلك، يمكننا أن نفوز حقا على أموالنا وأن نزيد من حريتنا. فالمعرفة تحول حياتنا وتصطحب حياتنا طوال حياتنا. نحن يستطيع خسرت عملنا، نحن يستطيع خسرت حبنا عظيمة رومانسية، نحن يستطيع خسرت نقودنا. ومع ذلك، تقودنا معرفتنا إلى النصر والاعتراف.

إلهي

لهذا السبب أنا في هذا الطريق المغامرة. هو طريق ممتعة أن يقودني أن يعلم عدة أشياء. أشعر أنني أنمو كل لحظة مع التغلب على كل عقبة. اليوم أنا حقا سعيد وأنجز الرجل.

يوسف

وهذا هو المسار الحقيقي للتطور الذي يتعين علينا أن نسلكه. ولتحقيق التطور الأعلى، يتعين علينا أن نتخلص من كل شعور سلبي يسكن عقولنا. ويتعين علينا أن ننخرط في مساعدة الآخرين من دون توقع العقاب. هو ب يجعل يعطي عمل يومية أن نحن يستطيع اتصلت إلى القوة عظيمة من الكون. وبهذه الطريقة تصبح حياتنا أكثر منطقية وتكاملا.

إلهي

الحقيقة. إن ما يدمر الإنسان هو التظاهر. هو يريد أن يكون ماذا أنت تكون، أن يلعب دور جيدة في مجتمعة. يعيش هؤلاء الناس شخصية يومية، لكنهم ليسوا سعداء. عندما لا نعيش أصالة، نفقد جزءا من أنفسنا.

يوسف

ولكن كثيرين لا يرون ذلك. فهم يفضلون أن يعيشوا هذه القصة الخيالية وأن يكون لديهم ذلك الشعور بالقبول. حتى أنني أفهم وجهة نظرهم. إننا نعيش في مجتمع يتسم بالنفاق للمثليين. إننا نعيش في مجتمع يقتل بسبب التحيز. ثم لماذا يجب أن أخاطر بحياتي الخاصة؟ أليس من الأفضل أن أعيش حياة مزدوجة وأن أكون سعيدا؟ أنا حقا لا أعفي هؤلاء الناس.

إلهي

وهذا هو ثمرة القتال الديني. هذه الطوائف تضعنا في قواعد لا تمتثل لها حتى. وهذا هو ما يدمر سعادتنا. ولكنني كسرت هذا النموذج. لقد اخترت أن أكون حرا وأن أختار القواعد الخاصة بي. لذا، أشعر بسعادة تامة.

أنت متحمسون للغاية. لقد كانوا عقودا من المعاناة والاغتراب الديني. كل شخص هناك كان لديه قصته الخاصة. لم يكن أي شيء سهلا. ولم يكتشفوا إلا تدريجيا متعة العيش الحقيقية. كان ذلك إنجازا رائعا. وفي وقت لاحق، فإنهم ينهون الطقوس ويتوجهون إلى السيناريو التالي. كان هناك الكثير لتجربته.

في السيناريو الثامن

في السيناريو الجديد، هم مرتخون تماما. وبتجديد شبابها بتجارب جديدة، سعت إلى فهم المزيد من الكون ومن نفسها. وعملية المعرفة هذه أساسية لوضع استراتيجيات جديدة.

تبدأ طقوس جديدة. إنها تصنع مربعا سحريا وتضع نفسها في مركز ذلك المربع.

يوسف

فيما يتعلق بمسألة جهودنا وعملنا. ولكي نتمكن من التميز، علينا أن نعطي الأولوية لجودة عملنا. تهدي وظيفة جيدة من دون أي كلفة إضافية. إن العمل الذي يقوم على قيم مثل الصدق والكرامة والعمل الخيري والتسامح يحظى بثناء واسع النطاق. ولذلك يجب أن نحدث هذا الفارق في العالم.

إلهي

أوافق. دعونا ننظر إلى مثالي. أنا عامل شاب، أنا بجانبي الفني، أنا خيري، أنا أؤيد العائلة، أتقاتل من أجل أحلامي. ولكن من ناحية أخرى، هناك أناس آخرون أنانيين، تافهين ولا يساعدون بعضهم البعض. ولهذا السبب فإن العالم لا يتطور. ونحن في احتياج إلى المزيد من العمل ووعود أقل.

يوسف

أنت مثال على ذلك. حتى مع كل المسؤوليات التي تقع عليك، لم تتوان أبدا عن أحلامك. أنت شخص بشري جدا يجب أن يكون نموذجا للآخرين. وينبغي أن نمارس ذلك. أن يكون لديك مفرزة من الأشياء المادية، أن يكون لديك المزيد من الفرح في الأشياء البسيطة، أن تطلب أقل وأن تتصرف أكثر. إن كونك خبيرا في قصتك يشكل ضرورة أساسية لبناء هويتك الشخصية.

إلهي

وهذا يتلخص في كون الأمر أقل واقعية وأكثر عملية. ويجب أن يكون لدينا موقف مختلف إزاء الحياة. قيم ما يهمنا حقا.

يوسف

ولكن بعد ذلك تأتي مسألة الإرادة الحرة. فالناس ليسوا روبوتات. ولهم الحق في اختيار المسار الأفضل لهم. لا يمكننا وضع قواعد لأي شخص. لذا، أعتقد أن العالم سيواصل عشعره. فمن الأسهل أن نختار الشر من الخير.

إلهي

بالتأكيد. ودورنا هو مجرد التوجيه. ولا أحد ملزم بالقيام بأي شيء. هذه الحرية تقودنا إلى نيرفانا. هذه الحرية هي العلامة التجارية الخاصة بنا. ويتعين علينا دوما أن نقدر هذا.

يوسف

الحقيقة. علينا أن نبني هذه اللحظات في الحياة. ويتعين علينا أن نتواصل مع أشخاص آخرين، وأن نتقاسم الخبرات، وأن نمتص أمورا جديدة، وأن نستبعد أمورا قديمة لم تعد قادرة على إضافة أي شيء إلى حياتنا. هذا هو مبدأ تجديد الحياة.

إلهي

ومع هذا التجديد، يمكننا القيام برحلات جوية أعلى. يمكننا ببساطة أن نغفر لأنفسنا، ونتحرك ونبني مواقف جديدة. وبوسعنا أن نغير عقولنا

ونرى الآخرين من منظور متميز. وبوسعنا أن نحسن ثقتنا في الإنسانية في هذه الأوقات العصيبة. يمكننا أن نحاول مرة أخرى أن نكون سعداء. تمت مقاطعة المحادثة. هناك إحساس بسيط بالغرابة في الهواء. ثم تدور عقولهم وكأنها طيور غير متوازنة. هناك وفرة كبيرة من المشاعر، الأحاسيس، البهجة، التجديد، المجد، الانسجام، المتعة، الوحدة. كان علينا أن نعي العلامات التي تعطينا الحياة. لقد كان عليك أن تؤمن بقدراتك على أمل تحويل العالم. لقد استغرق الأمر أكثر مما توقعوا. وهكذا، تنتهي الطقوس معهم يقررون إنهاء العمل. لقد عرفوا الوقت المناسب للتخلي.

الفلاح الغني والشابة المتواضعة
وداعا

سيمبريه، 2 يناير 1953

روز كانت شابة متواضعة تبلغ من العمر ثمانية عشر عاما تقريبا. كانت أجمل وأمل فتاة في المنطقة. لقد شاركت مع بيتر، حبك العظيم. لم يكن الوضع المالي لعائلتك فقط جيدا. لقد كانت فترة جفاف عظيمة، وكان الجميع يعانون من دون استثمارات حكومية. ولقد كافح الملايين من أجل البقاء وافتقروا إلى الغذاء والماء.

وذلك عندما عقد اجتماع مع أسرة العروس لمعالجة مشاكل محددة. وكان روز وانوفري (والد روز) ومجدلين (والدة روز) وبيتر (خطيبة روز) في الاجتماع.

خليل

لماذا قمت بإعداد هذا الاجتماع؟ هل تخطط لشيء ما؟

بيتر

أريد أن أبلغ عن قرار. لقد حصلت على وظيفة في ساو باولو، وسأحتاج إلى التغيير. عندما أعود، سأعد حفل الزفاف.

خليل

حسنا. طالما احترموا ابنتي. نحن نعلم أن المسافة تصل إلى طريق حياة الزوجين.

بيتر

افهم. من جهتي، سأبقي على الصفقة. أنا ذاهب إلى العمل للحصول على المال للزواج. أليس هذا رائعا، حبي؟

روز
سيكون رائعا. نحتاج إلى ذلك. الجزء السيئ، سأفتقدك كثيرا. أحبك كثيرا، حبي. إن شعورنا صادق. لا يمكننا أن نفتقد هذا، حسنا؟

بيتر
أنا أعدك لن أنساها. أتوافق بحرف، حسنا؟

روز
سأتطلع إلى ذلك.

ليلى
كل الحظ لكليكم. ولكن هل تنجح هذه الجهود؟

بيتر
ثق بي في هذا. سأحاول العودة بأسرع ما يمكن. ابق في سلام ومع الله.

إنهم معضلون. كان آخر اتصال مادي قبل الرحلة. هناك العديد من الأفكار التي تعبر عن عقل ذلك الرجل المحارب. وهو يحاول تهدئة الأمور في بيئة تتسم بعدم اليقين. ولكنه كان عازما تماما على الخروج ومحاولة حظه. وبعد أن يودع الطفل سيأخذ الحافلة. وكانت مقصدها جنوب شرق البلاد التي كانت أحوالها الاقتصادية أفضل.

العمل في البار

كانت ليلة حفلة في البار في منطقة سيمبريس. كانوا يحتفلون بزفاف أحد أهم الرجال في القرية. [إين وردر تو] جعلت بعض مال، كان روز يعمل كنادلة.
ذلك عندما اتصل بها رجل أسود.

حيدر
رجاء، أفتقدني، أحضرت المزيد من البيرة والشواء.

روز
حسنا يا سيدي. أنا هنا لخدمك.

حيدر
شكرا لك. ولكن ما الذي يجعل مثل هذه المرأة الشابة الجميلة تعمل على هذا النحو؟

روز

أنا بحاجة إلى العمل لمساعدة والدي. غادرت خطيبتي إلى ساو باولو، وكنت وحدي.

حيدر

إنه أحمق كبير. أنت تركت دمشل لوحدها؟ انظر، هل ترغب في أن تمشي إلى مزرعته؟ أشعر بالحزن الشديد في تلك المزرعة. ليس لدي أي شخص للتحدث معه.

روز

لا يمكنني القيام بذلك. لدي موعد مع خطابي. إذا فعلت ذلك، فسأدمر سمعتي في وجه المجتمع.

حيدر

افهم. لن أكذب عليك. أنا متزوج، لكن زوجتي في العاصمة. إن زواجي معها ليس جيدا. أقسم لك لو تقبلني سأتخلى عنك وأتزوج. أنا جاد.

روز

سيدي، لدي مبادئ. أنا امرأة مشرفة. فقط تركني وحدي، حسنا؟

حيدر

أفهم ذلك. ولكن بما أنك تحتاج إلى العمل، أدعوك إلى تنظيف مزرعة المزرعة الخاصة بي. بعض الأموال ستساعدك، أليس كذلك؟

روز

هذه هي الحقيقة. أوافق على اقتراحكم. والآن يجب أن أرى عميلا آخر.

حيدر

يمكنك أن تذهب في سلام، محببة.

وردي يمشي بعيدا والفلاح يواصل مراقبته. كان الحب عند النظرة الأولى بطريقة لم يتوقعها. وحتى لو كان ذلك يتعارض مع ا تفاقيات ا جتماعية في ذلك الوقت، فإنه سيفعل أي شيء للوفاء برغبته. سأستخدم القوة المالية لصالحك.

نصيحة

بعد أن مشى المزارع بعيدا، يتصل زميل في العمل بروز للتحدث. ويبدو أن هذا الشخص قد لاحظ الوضع.

مريم

أي مزارع جميل، يمين، امرأة؟ مرحبا، ما الأمر؟ هل ستعطيه فرصة؟

روز

هل أنت مجنون، امرأة؟ ألا تعرف أن لدي موعد؟

مريم

توقف عن التحايل. إن هذا الرجل غني وقوي إلى حد غير عادي. إذا تزوجته، فلن تعرف أبدا ما هو البؤس مرة أخرى. لن تضطر إلى العمل في هذا الشريط بعد الآن. فكر في الأمر. هذه هي فرصتك الوحيدة لتغيير حياتك.

روز

ولكنني أحب خطابي. كيف يمكنني أن أخون إعجابك بهذا؟

مريم

الحب لا يقتل جوعك. فكر أولا في نفسك، أمنك المالي. مع مرور الوقت، ستتعلم الإعجاب بالمزارع. والأفضل من ذلك كله أن تكون لديك حياة من الأمن المالي. إذا كنت أنا، أنا، لن أفكر مرتين وأقبل ذلك العرض.

روز كان مدروسا. في التفكير الثاني، لم يكن زميلك على خطأ تام. ما هو المستقبل الذي سيكون لديك بجانب رجل فقير؟ وأسوأ ما في الأمر هو أنه كان بعيدا للغاية. ومن ناحية أخرى، كان والداه على صلة معقدة بالقواعد الاجتماعية. لن يكون من السهل أن نتعشق مثل هذا الحب.

روز

شكرا على النصيحة. سأفكر في كل ما قالته.

مريم

حسنا، صديقي. ولدي دعمي الكامل.

فكل منهما عاد إلى العمل. لقد كان يوما حافلا بالعملاء. وفي نهاية اليوم يودع روز ويذهب إلى البيت. وقالت إنها تفكر في كل ما حدث لها.

عشاء عائلي

العمل في المزرعة

وصول روز إلى منزل المزرعة الكبير. كان مبنى مهيب طويل وواسع جدا. في تلك اللحظة، تملأ الكرب بكونك. ماذا سيحدث؟ ما هي النيات

التي سيتمتع بها رئيسك؟ هل سيكون حقا شخصا جيدا؟ كان عقله يعج بأفكار لم يتم الرد عليها. وهي تحشد الشجاعة وتتقدم نحو الباب، وتدق الجرس، وتأمل في الإجابة.

منظف منزلي

ماذا تريد يا معام؟

روز

أنا أتيت أن يتم شغل للمالك من المنزل. هل يمكنني الدخول؟

منظف منزلي

بالطبع، أنا أفعل. أنا ذاهب معها.

كلاهما يدخل المنزل ويذهب إلى الغرفة الرئيسية. وفي ذلك الوقت كان المزارع الغني ينتظر بالفعل.

حيدر

يا له من سعادة لرؤية وردنا العزيز! كنت أنتظر بفارغ الصبر. كيف أنت يا حبيبي؟

روز

جئت إلى العمل. أنا بخير. شكرا على العناية.

حيدر

خديجة، اذهب للتسوق في المدينة وخذ وقتا طويلا هناك. فقط عد الليلة.

خديجة

أنا ذاهب، رئيسا. يتم تنفيذ طلباتك دائما.

أخذت روز المكنسة والقماش لتنظيف المنزل. بدأ في القيام بتحركات محمومة في كدمه. ولكن سرعان ما اقترب المزارع. أخذ أواني عمله وأبقته. وردة [ودجل]، غير أن هي أيضا توق ل أن لحظة. برقة، أخذتها رئيسها في حضنها وأخذتها إلى غرفتها. بدأت طقوس الحب، وكان على استعداد لأخذ عذريتها. روز ينسى كل شيء ويعطي نفسه هذا عاطفة. إنهم يحصلون على نوع من الترانس النينوم. الشيء الوحيد الذي اهتم به كان المتعة.

لقد كان يوما من التواصل بين الاثنين والكثير من الحب. وقد سقطت جميع المفاهيم السابقة. ولم يخافوا. كانوا في شغف ساحق.

حيدر

أريد علاقة مفيدة معك. أنا مستعد لمغادرة زوجتي. هذه الأيام، إنها وأنا مجرد أصدقاء. صدقوني، لقد أعجبت بك حقا

روز
وأعترف بأنني انجذبت إليكم أيضا. أريد حقا أن أتولى هذه العلاقة. ولكن كيف سنفعل ذلك؟ لم توافق عائلتي على ذلك.

حيدر
يمكنك تركها لي. سأعتني بكل عمليات الاحتيال. وأنهي العلاقة مع خطبكم وسأعتني بالبقية.

روز
حسنا. أحببت اليوم كثيرا. يجب أن أذهب الآن حتى لا يريب أشخاص آخرون.

حيدر
ارجو في سلام، حبي. سأراك قريبا. أحتاج إلى العمل الآن أيضا.

الجزءان اللذان تربطهما العلاقة الموحدة. وما بدا مستحيلا تحقق. ولنمضي قدما في هذا السرد.

لم شمل العائلات

كان المزارع عازما حقا على العلاقة مع روز. وبغية تعزيز هذه العلاقة، اقترح عقد اجتماع مع الاسرة لمناقشة مسائل محددة.

حيدر
أنا هنا في هذا اللقاء بهدف الإعلان عن علاقتي مع روز. أريد إذنك لتحقيق ذلك الهدف.

خليل
أنت رجل متزوج. وليس من دواعي السرور في نظر المجتمع أن تتشرك ابنة شريفة برجل متزوج.

روز
ولكن نحب بعضنا البعض، داد. لقد أنهيت عملي بالفعل وهو منفصل بالفعل عن زوجته. ماذا تريد أكثر؟

خليل
أريد أن تخلق العار. أريد أن تتصرف مثل امرأة الاحترام. أنت تستحق أكثر من ذلك بكثير، طفل. أنت شابة قيمة بشكل لا يصدق.

روز
أنا امرأة عظيمة. لكنني في حب رجل رائع. أنا حقا أحبه. ماذا تقول يا أمي؟

ليلى

أنا آسف، يا طفلي. ولكنني أتفق مع زوجي. يجب أن تحافظ على سمعتك. انس هذا الرجل واحصل على رجل واحد.

روز

أشعر بالحزن لأني لدي مثل هؤلاء الآباء التقليديين. لا أوافق.

حيدر

لقد فهمت وجهة نظركم. ولكنني أعتقد أنهم مخطئون. ما زلت سأظهر لك قيمتي. وهذه ليست الغاية ما زلت أؤمن بسعادتنا، وحبي.

روز

وأنا أعتقد ذلك أيضا. ما زلت أقنعك بأنك على خطأ.

خليل

أنا لا يمكن اختزاله. يمكنك الذهاب، صبي. لديك إجابتك بالفعل.

يترك [هنريك] بشكل ملحوظ غير راض. وقد فشلت محاولته التوفيق. الفشل هو الذي دفعه حقا. ولكن الأمر كان شيئا يعكس ويخطط لاستراتيجية جديدة. وما دامت هناك حياة، كان الأمل قائما.

تكريم العريس

كان وضع الصديق فظيعا. وقد منعوا من الاجتماع، وعانوا كثيرا من سوء فهم الاسرة. كانت أيام مظلمة وموجعة. لماذا يتعين علينا أن نتبع مثل هذه القواعد العتيقة الطراز في التعامل مع العلاقات؟ لماذا لا يمكننا أن نكون أحرارا فقط وأن نفي برغباتنا؟ كان هذا هو تفكير الاثنين حتى في مواجهة العديد من العقبات.

وكان يفكر حتى قرر المزارع أن يعمل. وكتب رسالة، وبكى كثيرا، واستأجر شركة بريد. ذهب الموظف للقيام بالمهمة. وقبل أن يمر وقت طويل، كنت في مواجهة منزل روز. وهو يقفز وينتظر أن يعالج. يظهر شخص داخل المنزل.

عامل البريد

مرحبا يا شاب. هل أنت روز؟ لدي بريد لك.

روز

نعم. شكرا جزيلا لك.

وعند أخذ الرسالة، عادت الشابة إلى المنزل حيث كانت تقفل بنفسها في الغرفة. مع الدموع في عينيها، بدأت لقراءة النص

قرية جبلية، 5 ديسمبر 1953

مرحبا يا روز. أنا أكتب أن أبين سخطي لعائلتك أنهم قد منعوا علاقتنا. أشعر بالحزن الشديد حيال ذلك، أنا أحبك تماما. أردت بناء عائلة معك. أردت أن أخرجك من بؤك المالي.

لا أعتقد أن الحياة كانت عادلة بالنسبة لنا. وأتساءل عما إذا كان هناك مخرج آخر لنا. هل ترغب في منح حبنا فرصة ثانية؟ هل لديك الشجاعة لنفترض ذلك؟ لأن إن أنت تريد، أقسم إلى أنت، أنا يذهب أن يركض بعيدا أنت إلى مكان بعيدا إلى أن أشياء يحصل على نحو أفضل. ولكن عليك أن تحللها برود وأن تعرف ما هو الأكثر أهمية. إذا كانت إجابتك نعم، يمكنك أن تأتي إلى المزرعة، وكل شيء جاهز لرحلتنا. أتوقع منكم اليوم.

[مع عاطفة، [هريك] [غرسا

يبقى روز ثابتا. يا له من اقتراح لا يصدق وشجاعة. في هذه اللحظة، تمر دوامة من المشاعر في عقلك. ويكفي لها الوقت للتفكير واتخاذ قرار نهائي. وقد غادر والداه للعمل واغتنم الفرصة لكتابة الرسالة التي تشرح قراره. ثم عبئ حقائبه بالضروريات وترك. انها مثل القول "نحن أحرار".

روز يؤجر عربة خفيفة على الطريق من المنزل وترتجف بقلق. كنت أشعر بالكثير من المشاعر في نفس الوقت. ولم يكن قرارا سهلا. فقد تخلت عن علاقة أسرية موحدة للمجازفة بالدخول في علاقة حب. ما الذي كان سيجعلها تقرر ذلك؟ ولا يعرف ذلك بالتأكيد. ولكن العامل المالي الذي تحالف مع الرجل المثقف العظيم الذي ربما كان ذلك المزارع من الأسباب الوجيهة التي دفعتها إلى خوض هذه المغامرة الجريئة. هل الأمر يستحق العناء؟ والوقت وحده كفيل بأن يجيب على هذا السؤال. وفي الوقت الحالي، كانت تريد فقط الاستفادة من هذه الحرية في محاولة للفرح.

ومع تقدم السيارة، يمكنها بالفعل أن تحاول القضاء على دموعها. ويتعين عليها أن تكون قوية للغاية لكي تتحمل العواقب المترتبة على هذا الاختيار. ومن بين هذه العواقب انتقاد المجتمع واضطهاد الأسرة. ولكن من قال إنها تهتم؟ وإذا كنا نفكر في رأي الآخرين، فلن يكون لدينا أبدا الاستقلال الذاتي لتوجيه حياتنا. ولن نكتب قصتنا أبدا في خوف. هكذا اطمأن بعض أمان شخصية كثيرا هو.

تصل العربة إلى المزرعة، وتدفع للسائق وتخرج من السيارة. عند سماع الضوضاء في الخارج، يأتي شريكها لمقابلتها. لقد كان كل شيء على ما هو عليه بالفعل. يدخل الاثنان في سيارة أخرى ويبدآن الرحلة. نحو السعادة إن شاء الله

الرحلة

يبدأ الرحلة على الطريق الترابية الذي يربط سيمبريس بمدينة ريو برانكو. الطقس دافئ والطريق مهجور وهي على سرعة عالية. العودة، كل العائلة والأصدقاء والذكرى. وفي المستقبل، تصور العلاقة بين الاثنين حتى ذلك الحين، وهي علاقة يحظرها المجتمع.

حيدر

كيف تشعر يا حبيبي؟ هل تحتاج إلى أي شيء؟

روز

أشعر بأني جيد. كونك هنا معكم تساعدني. لم يعد لدي طفل يشعر بهذا القدر من الندم بعد الآن. فجأة، تمر سلسلة من الصور عبر عقلي. إن هنا هو مكافحة التعصب، والكفاح من أجل حريتي ومتعة عيشهم.

حيدر

افهم. ويسعدني أن أكون جزءا من هذا التغيير. سنذهب إلى ريو برانكو لمدة شهر. وبعد ذلك، ذهبنا إلى المزرعة. سيرغمون على قبولنا.

روز

الأمل. أتمنى أن تنجح إستراتيجيتك. لقد كنا في احتياج إلى الحصول على هذه الفرصة. ماذا عن عائلتك الأخرى؟

حيدر

أنا بالفعل في عملية الفصل. سأشارك نصف عقاري مع زوجتي القديمة. ولكنني لست مضطرا للبقاء متزوجا منها. لقد كانت سنوات من الفرح والإخلاص لزواجنا، ولكني شعرت أنه كان على أن أنهي معاناتنا. كنا نخرج الكثير من الناس منه.

روز

وهذا يجعلني أشعر أقل مذنبا. لا أريد أن أكون حطام منزل. أنا فقط أريد أن أجد مكاني في العالم وإذا كان يعني أن أكون بجانبك، إذا كانت هذه هي سعادتي، أنا أقبل أن الكون قد زودني. ولكن في أي وقت كنت أريد تدمير أي شخص.

حيدر

لا تقلق، سأعود إلى هذا الصبا. أنا الشخص الذي انفصل عنها عن إرادتها الحرة. لا أحد يستطيع أن يحكم علينا. منذ أن التقيت بك، كنت قد صلحت من أجلك. من هناك كان هدفي أنت. ولن أبذل أي جهد لتحقيق ذلك. وبقدر ما يتعارض الجميع مع علاقتنا، فلا أحد يستطيع أن يوقفها. لقد كتب في مصائرنا هذا الاجتماع، ماكبانيو!

روز

وأنا ممتن للكون على ذلك. أريد الوصول إلى ريو برانكو قريبا. أريد أن أعرف أنك أفضل. لا شيء من الآخرين يهم لي. هو فقط اثنان منا في الكون، مخلوقات أن يكمل بعضهم بعضا ويحبون بعضهم بعضا. حبنا كاف لتحقيق نيرفانا. هذا سحر الحب الذي يحيط بنا هو المسؤول عنه.

حيدر

إذا، يا حبيبي. أحبك تماما.

وهي تواصل التقدم لوحدها على هذا الطريق المترب. ما الذي كان القدر يهيئ لكليكم؟ ولم يكن أي منهم على علم بذلك. هم فقط في أعطى أنفسهم إلى طاقة قوية أن أرشد هم من خلال الظلام. لا خوف شر لأن الحب كان أقوى قوة هناك. كل شيء يستحق العناء لمجرد أن المرء يريد الآخر. ويتعين عليهم أن يتمتعوا بالحياة بأفضل طريقة ممكنة، ولن تكون القواعد التي يمليها مجتمع يمنعهم من إرضاء حقائق حياتهم. فلهم قواعدهم الخاصة، وحرية الفرد أكبر من أي شيء.

ومع إدراكهم لهذه الحقيقة، فإنهم يتقدمون على هذه الطرق الرائعة داخل بيرنامبوكو. كانت هناك حجارة، أشواك، عناصر ثقافية، رجل بلد، حيوانات، نباتات وغبار رائع. وكان هذا السيناريو واحدا من أكثر السيناريوهات أصالة في العالم. وقال إن المستقبل ينتظرهم بسلاح مفتوح.

شهر في مدينة ريو برانكو

بدأت ليلة زفاف الزوجين في مزرعة تقع حول مدينة ريو برانكو. كانت هذه هي أكثر لحظات الألفة المتوقعة بين الزوجين. أعطوا أنفسهم للحب تماما في رقصة الأجساد والعقول. أثناء العمل الجنسي، ذهب هم داخل [ترنس] وسافروا إلى عوالم أبدا قبل يرى. هذا هو سحر الحب، قادر على تخطي حدود الخيال.

بعد العمل الجنسي، انها لحظة من الهدوء والنشوة.

روز

كان ذلك أفضل ما حدث في حياتي. لم أكن أفكر في فقدان عذريتي كان أمرا رائعا. والآن أرى أنني كنت من الحماقة أن أضيع الكثير من الوقت في انتظار هذا.

حيدر

نعم، يا حبيبي. كنت أنتظر هذا لفترة طويلة أيضا. أرى أنني كنت على حق. أنت أكثر النساء إثارة التي قابلتها على الإطلاق. أنا أريدك طوال حياتي.

روز

هل سيكون لدينا أطفال؟

حيدر

أريد أن يكون معك العديد من الأطفال وأن ترافقك خلال مسيرتك المهنية. وأعدكم، سنكون سعداء على الرغم من أننا سنكون سعداء، حتى لو كنا سنحارب الجميع.

روز

تطمئني كثيرا. وأنا على استعداد لتقديم هذا الالتزام. وبالتدريج، أتدخل في إيقاع الموقف.

حيدر

شكرا جزيلا لك. أشعر بسعادة لا تصدق. يجب أن أذهب للعمل في المزرعة الآن. اعتني بالأعمال المنزلية. سوف أعود.

روز

يمكنك تركها لي.

ويودع الاثنان كل منهما الوفاء بالتزاماته. أثناء عملها، كانت روز تفكر في كل ما يتعلق بحياتها. ومن أجل تغيير مساره، فإن القرار كان مجرد قرار صغير تسبب في تحولات كبرى. ولم تفكر إلا في نفسها على حساب إرادة أسرتها. لأننا إذا كنا نفكر في رأي الآخرين، فلن نكون سعداء أبدا.

يعود المزارع، ويجتمع مرة أخرى في المطبخ.

روز

كيف كان يومك في العمل؟

حيدر

وكان ذلك الكثير من الالتزامات المهنية. أنا متعب جدا. ما الذي قمت بتحضيره للعشاء؟

روز

لقد صنعت حساء الخضار. هل تعجبك؟

حيدر

أنا في حالة حب. لديك موهبة هائلة في الطهي. والآن حان دورك. كيف أمضيتم اليوم في المنزل؟

روز

لقد اهتمت بكل تفاصيل النظافة والطعام وتنظيم الموظفين. أنا شخص مثالي جدا. خدمنا أثنى علي. لقد ترك لهم انطباعا جيدا.

حيدر

رائع، حبي. عرفت أنني وجدت الشخص المناسب. أنت زوجة جيدة ومنظف منزلي. أريد الآن الاستمتاع أكثر. هل سنذهب إلى غرفة النوم؟

روز

نعم. كنت أنتظر هذه اللحظة. أريد أن أعرف المزيد عن سحر الحب.

وقد تقاعد الاثنان من المطبخ وذهبا إلى النوم معا. بدأ هناك ليلة زفاف جديدة. وقد تم إشراك هؤلاء مؤخرا وعليهم أن يتمتعوا بهذه اللحظات الأولى بشكل مكثف. وفي الوقت نفسه، يبدو أن العالم كان في طريقه إلى الانهيار.

رد فعل عائلة روز

بعد قراءة رسالة ابنتها، أصيبت عائلة روز بالهلع. كيف يمكن أن تكون هذه الخيانة منحرفة جدا؟ وبهذا الموقف، كانت ببساطة قد ألقت بسنوات من سمعة الأسرة واحترامها في المجتمع. وفي محاولة لمنع هذا من أن يؤدي إلى شيء أكثر خطورة، أعد أونوفري (والد روز) حقيبته، وصعد على الحصان، وذهب بعد ابنته.

وطبقا للمعلومات التي جمعها أحد الأصدقاء، فإن روز سوف تعيش في مزرعة في ريو برانك. لذا فقد غادر. أخذ الطريق الترابية، ذهب هو في بحث من هدفه. وفي ذهنه المضطرب، كانت هناك أشياء حزينة جدا مستمرة. وكانت رغبته في الانتقام والقسوة والغضب الشديد.

وكان غير راض. منذ سن مبكرة، كان هو قد كافح أن يعمل أن يعطي ماذا كان جيدة لابنته. وقد درس أفضل المبادئ والقواعد التي ينبغي

أن تتبعها فتاة طيبة. ومع ذلك، يبدو أنها قد ألقيته بعيدا. هل فعلت ذلك مقابل المال؟ وهذا موقف لا يغتفر ولا يغتفر. إهانة لكرامة الأسرة.

وهو على يقين من ذلك يتقدم على هذا الطريق القذر. وفي مواجهة السيناريو الشمالي الشرقي، فإنه يخفف من الأحاسيس الغريبة التي أزعجت له. هل سترث الابنة روحها المستقلة والجريئة؟ فهو يتذكر ماضيه بعواطفه التي عاشها. لقد تمتع حقا بالحياة، ولكنه فقد حب حياته بسبب روايات عن قواعد المجتمع. هل كان سعيدا؟ وعلى نحو ما، شعر بالسعادة. ولكنها لم تكن السعادة الكاملة. وقد فقد حبه الحقيقي وترك ندوبا على قلبه في ذلك البلد الخلفي. لم يكن الأمر على نفس القدر من أبدا.

تقدم أكثر، كنت مستعدا لمواجهة الرجل الذي سرق ابنتك. وظل هادئا وحذرا. ولكن الحقيقة هي أنني كنت غاضبا. هو شعر خيانة ب أن زوج. كان شعور بالإحباط والعار والعصيان. كان عليك أن تقوم بصدام الأفكار.

ومع إدراكه لهذه الحقيقة، وبعد فترة بسيطة، فإنه يقترب بالفعل من المزرعة. عند مدخل الملكية، يعرف نفسه والمزارع يقترح استلامه. يجتمع الزوجان والزائر في غرفة معيشة المنزل الكبير.

خليل

أنا منزعج. لقد هربت مثل اللصوص. لقد خلقتا لنا جميعا وضعا حساسا للغاية. ماذا كان ذلك مجنون؟ لماذا يفعلون ذلك؟

حيدر

وكان ذلك هو السبيل الوحيد للخروج من هذا الطريق. لقد تصرفت كما كنت تمتلك ابنتك. ولكن هذا ليس كمثل كل هذا. للأطفال الحق في تقرير حياتهم. كنت اختيار ابنتك، ونحن نحب بعضنا البعض. نحن سنبني عائلة على أية حال. لا نحتاج إلى موافقتك على ذلك. هذا شيء أريد أن أوضحه بوضوح.

روز

لقد شعرت بالسوء حقا في الركض بعيدا. ولكنني لست سجينة، داد. لدي الروح الحرة. أردت فقط أن أجرب شيئا مختلفا في حياتي. استمتعت حقا بالحياة التي يمكن لزوجي أن يزودني بها. أنا مريض من الحياة التي كنت أتولى القيادة فيها. ليس فقط فيما يتعلق بالقضية المالية، ولكن أيضا فيما يتعلق بمسألة استقلالي. وأنا معه أشعر بالأمان.

خليل

أفهم ذلك. ولكن ما كنت أخشى حدوثه. أنت ضحكات المجتمع. وينتقدنا الجميع لهدم المنازل. هذا الرجل، كان لديه زوجة وأطفالا. وهو ليس موقفا سهلا.

حيدر

إن من حقنا جميعا أن نرتكب خطأ، سيدي. كنت مخطئا في اختيار زواجي الأول وكنت غير سعيد. عندما التقيت بابتك، وقعت في الحب. لم يكن لدي أي شك. أردت أن أبدأ حياتي. لا أعتقد أن أي شخص يستطيع أن يحكم على الاثنين معا.

روز

لم أكن أعتقد أن الأمر سيكون سهلا. ولكن لا أستطيع أن أعيش على أساس آراء الآخرين. أنا سعيد جدا بجوار زوجي. وكلا منا يكمل الآخر. نحن بالفعل زوج وزوجة.

خليل

هل تقصد أنك تمارس الجنس؟ وهذا يعني أنه مسار لا عودة. وإذا وقع الضرر، فإن كل ما تبقى هو افتراض ذلك. هل ستتزوج ابنتي؟

حيدر

نعم، أنخطط للقيام بذلك قريبا. لدينا علاقة زواج بالفعل. وكل ما يتبقى منها هو أن تجعل منه أمرا رسميا. ماذا تقول لذلك؟ ماذا عما نقوم به؟

روز

سيكون من المهم بشكل خاص بالنسبة لي الحصول على موافقتك، أب. لم أكن أريد أن أكون في صراع مع عائلتي. إذا تقبلنا، فرحاتي ستكون كاملة.

خليل

ليس لدي خيار. يمكنك العودة إلى قرية جبلية. سأبارك هذا الزفاف. ولكن لدي طلب. إذا كنت تجعل عائلتي تعاني، يمكنك التأكد من أنك لن تحصل على نتيجة ناجحة.

حيدر

لن أؤذي الشخص الذي أحبه أبدا. أتعهد بشرف لكم بقية حياتي.

روز

شكرا جزيلا لك، داد. سنعود إلى وطننا. أريد لأطفالي أن يكبروا إلى جانبك. أحبك؛ أحبك.

| 35 |

وقد وقف الثلاثة وخدعتهم. يؤسفني أن الاجتماع كان ناجحا. الآن، فقط تحرك فوق مع حياتك وواجهت العقبات أن يأتي فوق.

العودة إلى سيمبريس

ومع حل مشكلة العلاقة، عاد الزوجان إلى المزرعة في سيمبريس. وبهذه الطريقة، بدأت دورة حياة جديدة لكل هذه البلدان. فرحبوا الأسرة للاحتفال بهذا الاتحاد.

ليلى

لم أكن أتوقع أن أتعرف على هذا، ولكنك سوف تعدان زوجين جميلين. لديك موالفة رائعة تمنح الكثير من المتعة. تهانينا، يا له من حب.

روز

شكرا جزيلا لك يا أمي. أنا سعيد للغاية ومسروري بذلك. إن الحصول على دعمك هو كل ما أردته. أنت على حق تماما. أنا سعيد جدا بجوار زوجي.

حيدر

أنا حقا نقدر ملاحظتك، الأم في القانون. أنا سعيد أنك أدركت أن لدينا الحب الحقيقي بيننا.

خليل

أؤكد كلمات زوجتي. أعتذر عن خلافاتنا. أنت رجل جيد بالفعل. متى يخرج هذا الزفاف؟

حيدر

أريد أن أتزوج في نهاية هذا العام. لدينا حفلة كبيرة. ينبغي للجميع الحضور. إنه يوم لا ينسى للجميع، يوم تحقيق اتحادنا.

روز

سأقوم بإعداده. أحب تنظيم الحفلات. إنه سيكون أسعد أيام حياتي. الجميع يصفق ويتحلى بالبيرة. الحياة حقا هي عجلة فيريس كبيرة. لا شيء نهائي. في لحظة، كل شيء يمكن أن يتحول إلى حياتك. ما هو سيئ اليوم يمكن أن يتحول إلى هدوء في المستقبل. لذا، دعونا لا نندم على أخطائنا. وهي تستخدم كتعلم ولوضع استراتيجيات جديدة. والشيء المهم هو ألا نتخلى عن أحلامنا. أحلامنا ترشدنا في رحلتنا على

الأرض. إنها تستحق أن تعيش كل من هذه اللحظات بالفرح، والنزعة، والإيمان، والأمل. فهناك دوما فرصة النصر والنجاح. صدق ذلك.

محاولة العريس السابق للمصالحة

كان بيتر يعمل في ساو باولو وتعلم من خلال خطاب خيانة العروس. كان حزينا، وعالقا، وممتنكرا. كيف يمكن أن تتخلص من الحب الجميل جدا حتى أنه كان موجودا بين الاثنين؟ كل هذا لأن خصمك كان مزارعا ثريا؟ وهذا لن يحصل عليها في أي مكان. كان مدركا لقيمته كإنسان وكله ليفوز. سيئة جدا لم تقدر ذلك.

ولكنه لم يستبعد. وكان سيبذل محاولة أخيرة في التقريب. وبهذا استقل الحافلة وبدأ في العودة إلى شمال شرق البرازيل.

وعند وصوله إلى الموقع، يتوجه إلى المزرعة. وهو يعلن نفسه ويحييه صديقته القديمة. إنها تستقر على أريكة غرفة المعيشة.

روز

أنا متأكد من أن زوجي ليس هنا. ماذا تفعل هنا؟ هل أنت مجنون؟

بيتر

أنا لا أقبل، روز. اشتقت إليك الكثير. لماذا تخونني هذا؟ ألم تكن أنت الشخص الذي قال إنك أحبني؟

روز

افهمي عزيزي. لقد ابتعدت عن حياتي. لم يكن علي التزام بالانتظار. لقد فكرت بطريقة عملية. لقد رأيت فرصة أفضل لنفسي.

بيتر

لقد مشيت بعيدا للحصول على المال اللازم لإقامة حفل زفافنا. واتفقنا على ذلك. عندما سمعت أنك حصلت على رفيقة، كنت في ذهول. تركتني تماما أسقط.

روز

أنا آسف لمعاناتكم. ولكنك شاب للغاية. أتمنى أن تجد امرأة أخرى غير مقيدة. أطلب منك أن تنساها إلى الأبد وأن تكون مجرد أصدقاء.

بيتر

لن تكون صديقي أبدا. سوف تكون دائما حبي. إذا قمت بإعادة النظر في قرارك، تعال إلي.

روز

حسنا. ونحن لا نعرف كيف سيكون مصيرنا. دعونا نضع هذا في يد الله. أطيب التمنيات لك. فقط كن في سلام.

بيتر

بارك الله فيك ويحميك سأعود للعمل في ساو باولو وأتولى حياتي.

هكذا حدث. عاد بيتر إلى مدينة ساو باولو. ومن الضروري نسيان المعاناة والمضي قدما في حياته. كان هناك العديد من الأشياء الجيدة التي يمكن الاستفادة منها في الحياة.

حفل الزفاف

وقد جاء اليوم الذي طال انتظاره. وفي اجتماع عائلي شارك في الرقص، والحفلة، والموسيقى، احتفلوا باتحاد الزوجين المفضلين لدينا. كان احتفالا عظيما. لقد حان الوقت لكي يتكلم العروس والعريس.

حيدر

وهذه لحظة محورية في تاريخنا. لحظة الوحدة، والوئام، والعزم، والسعادة. إن حياتنا تجتمع معا. وأتعهد، قبل كل شيء، بأن أضطلع بدوري كزوج بجدارة. وسأسعى جاهدا إلى أن أكون أفضل زوج في العالم. سننمو معا ونكون عائلتنا. ولهذا، أحتاج إلى دعم الاسرة وفهمها. أفهم أن العلاقة معقدة. ستكون هناك لحظات من القتال وعدم الرضا ولحظات السعادة. ولكننا سنواجه كل هذا معا حتى النهاية ما رأيك، حبي؟

روز

أنا أسعد امرأة في العالم. لقد حصلت على ما كنت أرغب فيه. وليأتي أبناؤنا وأحفادنا إلى قمة هذه العلاقة. من الآن فصاعدا، سأكون قادرا على أن أعيش حياة كاملة. وهذا لا يعني أن كل شيء سوف يكون مثاليا، ولكن بوسعنا أن نتغلب على العقبات التي تنشأ. لقد كنت محاربا عظيما منذ أن كنت شابا. ولم أترك لنفسي أن تتغلب عليها نكسات الحياة. كان الشيء مهمة أكثر أن أنا دائما تلقى إيمان في بنفسي. لقد أنجزت الكثير.

كل واحد يقفز والحزب يستمر. لقد كان يوما طويلا مليء بالاحتفالات العائلية. في نهاية الليل، الجميع يودعون والزوجان يتمتعان بليلة زفافهم في المزرعة. لقد كانت بداية قصة جديدة.

ولادة الطفل الأول

لقد كان عام الزواج. أصبحت روز حاملا وبعد تسعة أشهر جاء اليوم الذي طال انتظاره لميلاد ابنتها. وقد أخذ الزوجان السيارة وذهبان إلى مستشفى المدينة. هناك، بدأ الطبيب في التسليم. ولساعتين، صرخت المرأة فحطمت إلى أن يولد ابنها. دخل الأب غرفة التسليم وعانق ابنه. بدأت الأم أيضا في إلقاء الدموع، التي كانت تشعر بالملل.

حيدر

أنا سعيد للغاية. ابنتي جميلة ورشيقة. شكرا لك، حبي. أنت تجعلني أسعد رجل في العالم.

روز

أنا أيضا أسعد امرأة في العالم بجانبك. هذه هي بداية المسار العائلي. وأرى أننا نسير على طريق جيد، وأننا رغم كل الصعوبات نتغلب تدريجيا على أنفسنا. النجاح ينتظرنا يا عزيزتي.

حيدر

دعنا نذهب إلى المنزل. إن أفراد عائلتنا يشعرون بالقلق.

غادر الزوجان غرفة التوصيل، وعبرا الردهة الرئيسية، ووصلا إلى المنطقة الخارجية، ودخلا السيارة. ثم تبدأ الرحلة من جديد. إنها تعبر المدينة بأكملها جنوبا وتبدأ بالسير على الطريق الترابية. كانت هناك حركة قليلة، والشمس كانت قوية، والطيور كانت تحلق خارج السيارة. وفي لحظة أخرى تختفي الشمس وتبدأ الأمطار الغزيرة في السقوط. وكانت البيئة الريفية مثالية للانعكاسات والعواطف.

وهم يتقدمون على الطريق الذي يعشقون أفكارهم وشكوكهم وعدم ضجعهم. إنهم يتنقلون عبر المنحنيات المتعرجة للجبل المقدس. جبل جذاب متعرج وخطير. كانت المشاعر تنصب طوال الوقت. سيكون ذلك رائعا للمحاولة.

عند الوصول إلى المنزل، يستقبلوا أقاربهم ويبدؤون احتفالا. وفي حفلة تغسل بالبيرة والموسيقى والرقص، يستمتعون طوال اليوم. كان سعادة عظيمة يشارك إلى جانب صديقات. لذا، لديهم لحظات رائعة ومثيرة. ولكن المسار الذي تسلكه هذه البلدان كان مجرد بداية.

إنشاء أول تجارة

وبعد ولادة ابنهم ومع وصول نفقات جديدة، بدأ الزوجان في وضع خطة لحل الوضع والتوصل إلى اتفاق.

حيدر

أنا ذاهب لفتح سوق لك يا زوجتي. سأضع أخوك في منصب مدير الموقع. إنه رجل ذكي للغاية.

روز

هذا رائع، حبي.

وفي ذلك جاء شقيق روز إلى المنزل وسمع المحادثة.

روني

لا أعرف كيف أشكركم. لقد كنت في حاجة حقا إلى احتلال. لدي أيضا الكثير من النفقات مع عائلتي.

حيدر

إين دأيين تو] هذا فرصة، أنت يستطيع أيضا خلقت مؤكسن ووضعت] على أرضيتي. لن تضطر إلى الدفع مقابل الإيجار. وبهذه الطريقة، يمكنك كسب المال بسرعة أكبر.

روني

يا إلهي الرائع شكرا جزيلا لك يا أخي الكريم لن أخلفكم. يمكنك الاعتماد علي طوال الوقت.

حيدر

أنا على علم بذلك. أنت رجل يمكنك الوثوق به. سأكون هناك دائما من أجلك.

روز

كانت فكرة عظيمة. أنا مسرور بأن كل شيء قد تم التوصل إليه. اتحاد عائلتنا رائع. أنا سعيد جدا، حبي. سننمو معا.

مع كل الحق، بدأوا التحضير لتنفيذ الشركة. كل شيء كان يجب أن يكون مثاليا للعمل أن يكون ناجحة.

افتتاح السوق

وقد وصل يوم الافتتاح المتوقع. وحضر الحفل حشد كبير. على ليلة يتضمن رقص، شراب، لون موسيقى وكثير يؤرخ، دشن هم مغامرتهم. لقد كان تحقيق حلم لجميع الحاضرين.

فالسوق لديها مجموعة واسعة من المنتجات الغذائية وستكون رائدة في المنطقة. وهذا من شأنه أن يجنبنا الانتقال غير الضروري إلى المدينة.

هو كان آخر عقبة يقهر في الحياة من أن يبدأ زوج. هل تتحقق إنجازات جديدة.

الازدهار

لقد مرت بضعة أشهر. وازدهرت التجارة وقطيع الأكسين مما ولد أمنا ماليا كبيرا لتلك الأسرة. وفيما يتعلق بالسعادة، فقد كانوا في وئام وسلام كبيرون في الوطن.

وقد حدث تحول كبير في حياتهم. فقد كانوا يؤمنون بمشروعهم الاسري، ويواجهون نكسات، ويتقلون بشجاعة هويتهم. وقد أسفر كل هذا عن نتائج ملموسة.

وفي المرحلة الجديدة التي بدأت، كانوا يخططون للقيام برحلات جوية أعلى. وقد اتحدوا من أجل تحقيق الاسرة المثالية. لقد كانوا يرغبون في بيئة من السلام المثالي، والتذكر، والسعادة. ولهذا السبب كانوا يعملون بجد.

العائلة

وقد مرت السنوات، وكانت الاسرة تنمو مع ولادة أطفال جدد. وعلى الجانب المالي، كان ازدهار هذه البلدان متزايدا. ومن ثم، يجري إقامة العلاقة الاسرية. وهذا يتناقض مع كل علاقة الآخرين.

وهذا هو السبب الذي يجعلنا في احتياج دائم إلى تولي زمام حياتنا. ويتعين علينا أن نحرر أنفسنا من نفوذ الآخرين وأن نصبح مؤلفين لمسارنا. وآنذاك فقط سوف تسنح لنا الفرصة السعيدة. فهو يتطلب الإيمان، والمرونة، والإرادة، والحرية.

إن مصيرنا الحقيقي هو أن نكون سعداء. ولكن لكي نحقق هذه الغاية فيتعين علينا أن نعمل بشكل أكبر وأن نتوقع أقل. وهذا هو ما تعلمه هذا الزوجان طيلة حياتهما.

فترة عشر سنوات

وساعد المزارع ماليا أسرة العروس. كل أقاربها نشأوا بكل طريقة. وقد جلب ذلك للجميع قدرا أكبر من الانسجام والسعادة. كان اتحادا مثاليا وسعيادا. وبعد عشر سنوات، عانى المزارع من مرض خطير. وعلى الرغم من جهود الجميع، فقد فشل في استعادة عافيته ومر بعيدا.

وكان ذلك من بين الآلام العظيمة التي يشعر بها كل الأقارب. بدأت العملية المؤلمة ودامت وقتا طويلا. كانت فترات مظلمة وموجعة. وبعد مرور هذا الألم العظيم، تم التخطيط الجديد. ومن الضروري استئناف الحياة بطريقة أو بأخرى.

ريونيون

وبعد وفاة المزارع، عاد العريس السابق إلى بيرنامبوكو. وذهب لعقد اجتماع مع أرملة.

بيتر

أنا مستعد لأعذبك. والآن بعد أن أصبحت أرملة، أريد أن أعود معكم. ليس لدي المزيد من الإيلام في القلب.

روز

كان لدي عدة أطفال مع زوجي. وقد تزوجت أيضا. هل ما زلنا نستطيع استعادة حبنا؟

بيتر

وأؤكد لكم أنها ستعمل. ولا يزال بوسعنا أن نكون سعداء. ولكن الموقف الآن مختلف تماما. لقد تجمعنا مساراتنا مرة أخرى. ما عليك سوى التحرك والسعادة.

روز

سأتولى الأمر. أريد أن أكون سعيدا معكم. دعنا نبني قصة جميلة. هذه هي فرصتنا.

وقد عانق الزوجان وقبلا. ومنذ ذلك الحين، كان لديهم المزيد من الأطفال وبدوا علاقة مثالية. لقد كان تحقيق حلم قديم. وأخيرا، حققت القصة خاتمة ناجحة.

وإذ تسلم بدورها في المجتمع

نحن لا نعرف من أين أتينا أو من أين نذهب. وهذا شيء ظل يطاردنا حياتنا كلها. وعندما نولد ونحقق البيئة الاجتماعية التي نعيش فيها، يكون لدينا انطباع طفيف عما يمكن أن يكون في حياتنا. ولكن هذا مجرد افتراض. هذه الاستفسارات الداخلية تقودنا إلى بحث جامح لمعرفة من نحن وما يمكن أن نكون. وهنا يأتي تدريب الحياة ذاته ليقودنا إلى المكان الصحيح.

وعلى هذا الطريق من الحياة، نسترشد بالإشارات. إن إدراك هذه الحقيقة وإقصاءنا لها ليس بالأمر السهل، وذلك لأننا لدينا قوى صراع في كوننا: الخير والشر. في حين أن الخير قد وجهنا إلى الجانب الصحيح، الشر يحاول أن يدمرنا ويأخذنا بعيدا عن مصير الله الحقيقي. إن التخلص من هذا العمل من الأفكار السلبية يشكل مهارة لا يتمتع بها إلا القليل.

في تلك اللحظة يظهر معلمون روحيون في حياتنا. نحن بحاجة إلى أن تكون الروح جاهزة لاتباع نصيحتك وننجح في الحياة. ولكن إذا وضعت نفسك كروح متمردة، لن يفعل أي شيء. وهذا يسمى قانون العودة أو قانون الحصاد. كن حكيما واختر الصحيح.

فلنذهب إلى مثالي. اسمي ألديفان، المعروف بالمشرف، ابن الله أو الإلهي. لقد ولدت في أسرة فقيرة من المزارعين الذين يعانون من وضع مالي ضئيل. لقد طفولتي رائعة على الرغم من الصعوبات المالية. إن مرحلة الطفولة هذه هي أفضل ما في حياتنا. لدي ذكريات مغرمة عن طفولتي وشبابي.

وعندما تصل إلى مرحلة البلوغ، تبدأ مجموعات الأسرة والمجتمع. إنها مرحلة مرهقة ومحبطة. ويتعين علينا أن نتحكم في المشاعر العاطفية حتى يتسنى لنا أن نتغلب على كل العقبات التي تظهر. وبهذه الطريقة، كان بحثي عن الاستقرار المالي محل تركيزي. ولكن من المؤسف أن القضية العاطفية والمحبة كانت الخيار الأخير. وفي غضون ذلك، أعتقد أنني اتخذت الخيار الصحيح. وهذه المسألة العويثة معقدة أكثر مما ينبغي اليوم. إننا نعيش في عالم قاس ملىء بالحب. إننا نعيش جنبا إلى جنب مع أناس أنانيين ومادية. فنحن نعيش جنبا إلى جنب مع أناس يريدون فقط أن يستفيدوا من القيم الأخلاقية. لكل ما ذكرته، أعتقد أن خياري للجانب المهني كان الخيار الصحيح.

بدأت الكلية وبدأت العمل في الخدمة العامة. لقد كان تحديا شخصيا كبيرا بالنسبة لي. إن التوفيق بين الأنشطة المختلفة بالتوازي مع الأنشطة الفنية ليس بالأمر السهل بالنسبة لأي شخص. لقد كانت فترة من الاكتشافات المهمة والمعلومات التي أضافت إلى بناء شخصيتي. وقادتني الأوقات الطيبة إلى وميض السعادة والوئام. كانت الأوقات العصيبة سببا في آلام شديدة إلى حد غير عادي جعلتني رجلا أكثر استعدادا لمواجهة المواقف اليومية من الحياة.

لقد علمتني مهنتي بالكامل أن أحلامنا هي أهم الأشياء في حياتنا. ومن أجل أحلامي، واصلت العيش وأصر على نجاحي. لذا لا تتخلى أبدا عما تريده. إن الحياة الخالية تشكل عبئا رهيبا للغاية يتعين على العالم أن يتحمله. لذا، إذا فشلت، فأعد التفكير في التخطيط وحاول مرة أخرى. وسوف تكون هناك دوما فرصة جديدة أو اتجاه جديد. ثق في إمكاناتك وتحرك.

البحث عن الأحلام

لقد عشت في الطفولة وضعا غير مميز تماما. ولأنني ولدت في أسرة من المزارعين الذين كان دخلهم الوحيد هو الحد الأدنى للأجور وفقا للمعايير البرازيلية، واجهت صعوبات مالية كبيرة في مرحلة الطفولة. وهذا النقص في الموارد يجعلني أريد أن أتقاتل من أجل مشاريعي منذ سن مبكرة. لقد تخلت عن طفولتي حتى أتمكن من الاستعداد لسوق العمل. وكان هدفي الوحيد الحصول على استقلالي المالي وهو أمر ليس سهلا على الإطلاق.

لقد تخلت عن كل أنواع وقت الفراغ لتكريس نفسي لمشروعاتي. كان ذلك اختيارا شخصيا في مواجهة المسائل الشخصية. ولكن كل اختيار له عاقبة. لم أستطع أن أجد الحب الحقيقي لأني كرست نفسي الكثير للجانب المهني. وكان ذلك نتيجة عظيمة لأعمالي. لا يؤسفني ذلك. أصبح الحب الحقيقي بين الأزواج نادرا على نحو متزايد.

وكان مسارا طويلا للجهود المبذولة في الدراسات والعمل. إنني فخور بالمسار الشخصي الذي أتخبه وأشجع الشباب على الكفاح من أجل أحلامهم. إن الأمر يتطلب قدرا كبيرا من التركيز على أي شيء تكرس نفسك له. ومع ذلك، يجب أن نكون دائما عقلانيين في تخطيط

الحياة. وأقول إن المناقصة العامة هي الخيار الأفضل من الناحية المالية. إن المنافسة في المجال العام تتمتع بالاستقرار، وهو أمر أساسي للتخطيط المالي.

وبفضل التخطيط المالي الجيد، أصبحنا قادرين على الحصول على رؤية أفضل للحياة. أما الجوانب الأخرى للحياة فهي مكملة أيضا لإشراق حياتنا. وإلى أن يحدث ذلك فإن ما يتعين علينا أن نفعله لكي ننجح هو أن نفعل الخير. ونحن قادرون تماما على أن نبارك بأفعالنا.

تجارب الطفولة

لقد ولدت وترعرت في قرية صغيرة في شمال شرق البرازيل. في الأصل من أسرة متواضعة، عانت طفولتي، ولكنها استفادت منها. لقد لعبت الكرة وأسقطت القمم مع الصبية، المغطسة في النهر، وصعد أشجار الفاكهة، وأكلت ثمارهم، ودرست في المدرسة، وحققت أداء متفوقا، وشاركت في الحفلات والمناسبات الاجتماعية، وكانت لي حياة سعيدة تماما ولا مسؤوليات.

لقد اختنقت لي قضية الوضع المالي المعدمين، ولكنها لم تمنعني من لحظات سعيدة إلى جانب الأسرة، والأقارب، والأصدقاء، والجيران. كانت تلك الأوقات طيبة ولم تعد أبدا. وكما أذكر، أشعر بأن طاقتي الحيوية ترددت في جميع أنحاء حياتي.

كانت تجربة الطفولة الوقود الذي كنت في حاجة إليه لإذكاء آمالي في السعادة والنجاح. لم يكن وضع عائلتي سهلا: أسرة تقليدية، لا تحب حياتي الجنسية على الإطلاق، وصلابة إلى الحد الذي لم أتخذ فيه أي قرار. وعندما كان والدي على قيد الحياة، كان مسؤولا عن الأسرة. بعد وفاة والدي، لم يسمح أخي الأكبر، وهو الخامس في صف الوراثة، لأي شخص أن يكون لديه رأي حول ميراث والدي. وهو الذي هيمن على كل موقف. كان رجلا عديم الرحمة.

لذا فأنا أعيش حاليا في المنزل الذي ورثته عن والدي، ولكن من دون أي سلطة لاتخاذ القرار بشأن أي شيء. أنا أخضعن نفسي لهذه الحالة، لذلك لا يجب أن أعيش في الخارج وأن أكون وحيدا. لا أستطيع أن أتحمل الوحدة بأي شكل من الأشكال. أنا خائف من المستقبل، وأطلب من الله ألا يكون وحيدا في عمري القديم.

لا أحد يحترم مشاعري الجنسية

والبرازيل بلد رهيب لمجموعة ال مثلي الجنس. لقد افترضت نفسي كـ مثلي الجنس ولا يمكنني الحصول على ما يكفي من التونتس والنكات في أي مكان أذهب إليه. وهم في الأسرة، وفي المجتمع الذي أعيش فيه، عندما أسافر، في المدرسة، في العمل. على أية حال، لست محترما في أي مكان.

ويتعين على الناس أن يدركوا أن الطبيعة الجنسية لا تحدد شخصياتنا. أنا مواطن جيد أنا أعمل أنا أسدد ديونتي أسدد واجباتي كمواطن ومع ذلك لا أحد يعطيني أي شيء إنه مثل أنا خفي ومجد في المجتمع.

أنا آسف هناك كثير الناس متخلفين عقليا. أنا آسف هناك الكثير من الناس الذين يسيئون معاملة وقتل الشواذ. إنه لأمر محزن حقا ألا نلجأ إلى ملاذ. الشخص الوحيد الذي يدعمني هو السيد المسيح يسوع. هو معي في كل الأوقات، وهو لم يتتركني أبدا.

الخطأ الكبير الذي ارتكبته في حياتي المحبة

قابلت رجلا في اليوم الأول في وظيفتي الجديدة. إنه رجل مهذب جدا وقد أظهر نفسه بأدب ولطف لي. لقد سررت به. على الفور، كان لدينا انجذاب كبير ونتمناه جيدا جدا. من خلال الأصدقاء، علمت أنه كان لديه موعد مع امرأة. حتى ذلك، لم يمنعني من محبته بطريقة لم أحبها قط رجلا آخر. وكان ذلك خطأ كبيرا كلفني الكثير من المال. سأشرح التالي.

بعد سنة قررت أخيرا الاستثمار في العلاقة مع هذا الرجل. لقد أعلنت عن نفسي في موعد هام جدا بالنسبة لنا. ما كان هذا الشعور الجميل والمبهر تحول إلى كارثة عظيمة. كان وقحا جدا بالنسبة لي ورفضني. لقد دمرني تماما، وبأننا لم نمش بعيدا أبدا لنتحد مرة أخرى.

لا ألوم. كان خطابي الكبير أن استثمرت آمالي في رجل كان لديه التزام لشخص آخر. ولكن ذلك كان الدليل الذي كنت أرغب فيه حقا. كنت أريد أن أرى ما إذا كان يشعر لي بأي شيء كهذا. وعندما اختار زوجته، أظهر أنه أحب زوجته أكثر مني. هذا شيء لا أبحث عنه. لن أكون اختيارا ثانيا للرجل. أريد دائما أن أكون أول مكان في العلاقة. أقل من ذلك، لا أقبل ذلك. أشعر بالرضا وحدي.

بعد هذا الحدث المأساوي، ما زلت أحب هذا الرجل لمدة ثماني سنوات متتالية. في الوقت الراهن، الشعور الذي أشعر به بالنسبة له خامل. ويبدو أن المسافة ساعدتني في عملية النسيان. أشعر بنفقة عقلية وآمل ألا أسقط في فخ مثل ذلك مرة أخرى. من الأفضل أن تكون الصحة العقلية والفردية.

خيبة الأمل الكبيرة التي شعرت بها مع زملاء العمل

في وظيفتي الجديدة والعديد من الوظائف الأخرى التي كنت أتعرض لها، كنت مخطئا تماما مع الناس. وفي كل هذه الحالات، حاولت اتباع نهج ودي مع زملاء العمل. كنت أريد أن أكون صديقا لهم، ولكنني أشعر بالندم حقا. وكان لدي خيبة أمل كبيرة بهذا المعنى مما جعلني أستنتج أن لا أحد لديه أصدقاء في العمل.

أشعر بالإحباط لعدم وجود أي أصدقاء في أي مكان أذهب إليه. وأعتقد أن الكثير من المشكلة يكمن في تحامل الناس. لأن أنا مثلي الجنس، رجال يتفادى يحصل داخل أي من الطريق أنا يذهب. أما بالنسبة للنساء، فهن يخافن أنني سأأخذ زوجهن. على أية حال، أشعر بالعزلة.

إن العالم يمثل تحديا كبيرا للذين يشكلون جزءا من أقلية مرفوضة. ونحن بحاجة إلى العيش مع مختلف الناس وعدم التسامح مع خصوصياتنا. وليس من السهل مواجهة المجتمع في هذا الوقت المتأخر. ليس لدي أي دعم من أي شخص. أنا لا حتى في ي جنس مجموعة، يشعر أنا داعمة. وهناك تحيزات أخرى في مجتمع المثليين جنسيا تعزلوني أكثر. لذلك بعد 14 سنة من البحث عن الحب، استسلمت تماما. أنا شخص واحد سعيد هذه الأيام. أنا أشعر مستنير ومبارك من قبل الله في كل شيء أقوم به.

التوقعات الكبيرة لحياتي

أنا رجل سعيد للغاية. لدي صحتي في حالة مثالية بسبب إعادة تعديل الطعام بشكل كبير الذي أقوم به، لدي أقارب كثيرون يزوروني من وقت لآخر، لدي عملي الذي يدعمني ماليا، لدي أنشطتي الفنية كدعم نفسي، ولدي إله عظيم لم يتخلي عني قط.

لقد مر على بعض الصعوبات الكبيرة منذ أن كنت شابا، وجعلني أصبح الرجل الذي أكون فيه اليوم. أنا شخص قوي جدا ذهنيا، لدي إيمان بالروحانية، أنا أؤمن بمصيره، وأعتقد أن أحلامي ستتحقق، حتى لو استغرق وقتا. هذا البحث عن الأحلام هو ما يبقيني على قيد الحياة. أنا كاتب، مؤلف، منتج أفلام، كاتب سيناريو، مترجم من بين أنشطة فنية أخرى.

على نحو ما، لقد حققت بالفعل الكثير من الأحلام التي كنت أحبها. وبالنسبة لمن ولدوا في ظروف غير مواتية للغاية، فإن هذا إنجاز عظيم. لقد ولدت بلا شيء على الإطلاق واليوم أصبح لدي مهنة مستقرة. كل الشكر على جهدي الشخصي. أنا محارب جدا وشخص مركز. أشعر بالفخر بنفسي بكل طريقة. لذا، فإن التوقع الذي أنتجته لحياتي هو أنني سأكون ناجحا تماما لأنني أجاهد من أجل ذلك.

القديس الذي كان ابن الصيدلي

صيدلية

المنطقة الجبلية - ايطاليا

يناير 1745 1

وقد تجمع فريق العمل في احتفال خاص بابن الرئيس.

الرئيس

نجتمع هنا مع عائلتي الثانية للاحتفال بوصول ابني إلى عائلتي. إنه يوم من الفرح ويوم من الاستمرارية لجيل. سأترك السلع الخاصة بي وشخصيتي كمثال. وأنا أعول على مساعدتكم يا حبيبي إيلوسا، حتى نتمكن من جمع هذا الابن معا.

فاطمة

أنا متحمس، حبي. اليوم يوم مجزي بالنسبة لي. بداية دورة احتفالية. أنا أعدك أن يحاول أن يتوقف يكون الأم الجيدة يمكن لابننا.

ممثل الموظف

بالنيابة عن جميع الموظفين، نهنئ الزوجين ونتمنى الصحة والنجاح والازدهار والصبر على تنشئة الطفل. ليس من السهل رعاية الأطفال هذه الأيام. وسوف نكون على استعداد لدعمكم بأي طريقة تحتاجون إليها.

الرئيس
شكرا لك جميعا!

وقد بدأ الحزب. كان هناك الكثير من الطعام والرقص والعزف الموسيقي والكثير من الفرح. كان ثلاثة أيام من الحفلات على التوالي مما جعل الجميع متعبين جدا. وكان من الضروري الاحتفال بالأحداث البارزة، وهي تستحق الراحة لأنها عملت بجد.

السنوات الأولى

كان الفتى فيسينتي ماريا سترامبي مبتهجا وممتعا جدا لوالديه. ونظرا للحالة المالية العالية للأسرة، كان لديه العديد من الإمكانيات المتاحة: فقد كان لديه مدرس خاص، ودروس في السباحة، ولعب الرياضة مع الأصدقاء، وسافر كثيرا، وكان لديه لحظات من العزلة. درس الكتاب المقدس كثيرا الذي كشف عن ميله الكاثوليكي من بداية طفولته وشبابه.

ذات يوم، حدثت أخيرا لحظة خاصة للعائلة.

الرئيس

إنها كلها مرتبة لرحلتك، ابني. كما أدركنا اهتمامكم بالدين الكاثوليكي، قررت والدتك وأنا إرسالك إلى المدرسة. هناك، سيتاح لك الفرصة أن يكون أفضل نفسانية، دينية، وتنمية عاطفية.

فاطمة

وأعتقد أن هذه فكرة ذكية. إذا لم ينجح الأمر، فيمكنك العودة. أبواب بيتي ستكون دائما مفتوحة لك يا ابني.

فيسنت

أنا أعطته لك يا أمي. أقدر الاثنين. لقد أصبحت معبأة بالفعل وبالكثير من التوقعات. وأتعهد بتكريس نفسي لدراستي. ما زلت سأكون رجلا عظيما.

فاطمة

أنت بالفعل فخرنا يا ابن. سنقدم لك كل الدعم الذي تحتاج إليه. اعتمد علينا دائما.

فيسنت

شكرا لك. أراك في عطلة.

بعد كتلة طولية وقبلة، هم أخيرا ينصبون طرق. ورافق السائق الصبي إلى السيارة وقضى لحظات قليلة حتى ذهب بشكل دائم. كانت بداية رحلة جديدة لهذا الولد الصغير.

الرحلة

بدأت بداية المسيرة رتيبة. وكانت الرياح الباردة والقطيرات الصغيرة فقط هي التي ضربت مرآة الرؤية الخلفية وطفت داخل السيارة تاركا تنبيه الصبي. كان هناك الكثير من المشاعر التي تم احتواؤها في نفس الوقت. من ناحية خوف المجهول ومن الآخر القلق والعصبية اللذين استهلكته وهذا أمر شائع في كثير من الناس في حالات جديدة تقدم أنفسهم في حياتنا. ولم يكن من السهل أن نتخلى عن حياة من الراحة والحماية للآباء أكثر من تلك التي كان فيسينتي مجرد طفل.

ولم ينكسر الوضع العاكس إلا بسبب سقوط عبوة من السجائر على أرضية الارض. وقد وقع الصبي، وأخذ السجائر، ثم أعادته إلى السائق. وهو يعبر عن الامتنان.

سائق

لقد أنقذت حياتي يا طفلي. إن هذه العبوة من السجائر هي التي تدقذني من الاكتئاب.

فيسنت

هل تعلم أن السجائر عادة سيئة، وقد يكون ذلك ضارا بصحتك؟ ماذا حدث في حياتك لإيصال السجائر إليك؟

سائق

لقد كانت أشياء كثيرة. لا أريد أن أقلقك بشأن مشاكلي.

فيسنت

ما من مشكلة. لكنني يمكن أن أكون صديقا جيدا ومستشارا لك. ما الذي يزعجك؟

سائق

أنا وليندسي وريان شكلوا عائلة جميلة. عملت في أحد المعادن، وكانت زوجتي معلمة، وكان ابني في رعاية منظف منزلي. كنا عائلة حبكة ومستقرة وسعيدة. حتى ارتكبت خطأ في العمل وأطلقت النار. وبعد ذلك انهارت الأرضية. كان على أن أعتني بابني ولم أبذل أي جهد آخر، لم أحب زوجتي. بدأت المعارك، وانحل اتحادنا، واضطررنا إلى التفكك. أخذت هي وابني منزلي واضطررت أن أنتقل إلى شقة. أصبحت سائقا يعمل لحسابي الخاص حتى أتمكن من دفع فواتيري. لقد حصلت على لحظة مروعة من الوحدة وجعلني عادة التدخين. منذ ذلك الحين، لم أتوقف عن هذا الإدمان الدمشين.

فيسنت

إنها حقا قصة حزينة. ولكنني لا أعتقد أنه ينبغي أن تهتز. إذا لم تفهم زوجتك ضعفك، إذن لم تحبك بما فيه الكفاية. لقد تخلصت من علاقة زائفة. أعتقد أن الخسارة الوحيدة كانت ابنك. ولكن أعتقد أنه يمكنك زيارته وبالتالي تخفيف هذا الحنين. انتقل إلى. الحياة لا تزال تجلب لك متعة رائعة. كل ما عليك فعله هو أن تؤمن بنفسك. التخلي عن سيجارة بينما يمكنك. استبدل ذلك بممارسة القراءة، أو الترفيه، أو المحادثة المهذبة، أو العمل الفني. حافظ على انشغال عقلك وستصبح أعراض الاكتئاب أكثر هشاشة. ذات يوم سوف تقول لنفسك: "أنا مستعد لأن أكون سعيدا مرة أخرى". في ذلك اليوم، ستجد امرأة رائعة وتتزوج منها. قد يكون لديك وظيفة أفضل وأسرة جديدة. عندها ستتم استعادة حياتك.

سائق

شكرا جزيلا لك على النصيحة، الصديق. تبدو عملية إعادة بناء حياتي هذه بطيئة جدا. سوف أنتظر اللحظة المناسبة لإعادة طلاء وجهي. في الوقت نفسه، أنا ذاهب مع الكثير من الإيمان. حقا، لقد ساعدتني كلماتك كثيرا.

فيسنت

ليس عليك أن تشكرني. أعتقد أن الله ألهم كلماتي. دعونا نمضي قدما!

يتوقف الصمت بين الزوجين. تتسارع السيارة وتبدأ الشمس في الارتفاع. وكانت هذه علامة عظيمة. الشمس جاءت لجلب الطاقة اللازمة لتدفئة العضلات، والروح، والقلب. كان أنفاسا للأرواح المضطربة هذه.

الرحلة تبعتها ولم يأتوا الوقت للوصول إلى الوجهة النهائية والراحة من عملهم.

الوصول إلى المدرسة اللاهوتية

يصل الزوج أخيرا إلى المدرسة الإكليريكية. وعند النزول من السيارة يدفع الصبي ثمن التذكرة ويتحرك بعيدا عن السيارة ويسير باتجاه المدخل المهيب للمبنى. واستمر في ذلك مزيج من القلق والشك والعصبية. ماذا سيحدث؟ ما هي المشاعر التي تنتظركم في المسكن الجديد؟ الوقت فقط هو الذي يمكن أن يجيب على معظم أسئلتك.

كان موجودا في الغرفة بالفعل. ومع وضع الحقيبة في ذراعيه، بدأ في الإجابة على أسئلة إحدى الراهبات.

أنجيليكا

من أين تأتي؟ كم عمرك؟

فيسنت

أنا في الأصل من سيفيتافيشيا. عمري 12 سنة وأنا آتي إلى الحياة الدينية.

أنجيليكا

جيد جدا. اعرف أن الحياة الدينية ليست طريقة سهلة، يا ولد. الطريق في العالم أكثر دعوة وأخف وزنا. فالدين مسؤولية كبيرة. في البداية، يجب أن تركز على دراساتك. إذا كنت تدرك أن لديك رسالة دينية، إذن ستحتاج إلى اتخاذ الخطوة التالية. كل شيء له وقته المناسب.

فيسنت

افهم. هذه هي الطريقة التي سأتصرف بها. يمكنك الاطمئنان.

أنجيليكا

إذا، ماذا يمكنني أن أقول؟ أهلا بك يا حبيبي. إن بيت الأمل هو المكان الذي يرحب بالجميع. نتوقع منك الالتزام بقواعد السلوك. إن الاحترام هو المبدأ الرئيسي لنا.

فيسنت

شكرا جزيلا لك. أنا أعد هو أن يكون على ما يرام.

تم نقل الصبي إلى إحدى الغرف. وبما أن الرحلة كانت مرهقة، فقد خرج للراحة. كان عليه أن يتعافى تماما ليبدأ عمله الرسولي.

زيارة السيدة الخاصة بنا

وبعد العشاء، تجمع الصبي في الصلاة في الغرفة. صمت مزعج ملئ بالليل. وبعد لحظات، بدأ يشعر بنسيم رقيق. امرأة تقترب من داخل سحابة بيضاء وأراضي في الغرفة. كانت امرأة سمراء، مبهجة، بوجوه هادئة وابتسامة مذهلة.

فيسنت

من أنت؟

ماري

اسمي ماريا. أنا وسيط كل العروة الضرورية للإنسانية جمعاء.

فيسنت

ماذا تريد مني؟

ماري

أريد أن أستخدمك لتحذير البشرية. إننا نعيش في أوقات قاسية من البدعة. لقد ضلت البشرية من الله والشيطان هيمنت على العالم بكراهيته. هناك عدد قليل جدا من الأرواح الطيبة.

فيسنت

ماذا يفترض أن أفعل؟

ماري

أصلي كثيرا. يصلي الوردية كل يوم من أجل شفاء الإنسانية. ويتعين علينا أن نوحد قواتنا في محاولة لإنقاذ البشرية.

فيسنت

ماذا تقول لمساري الرسولي؟

ماري

لديك كل شيء لتنمو في كنيستي. أنت دارس شاب، متعلم، ذو قيم وقلب جيد. أنت واحدة من أن يختار أن يعيد الكنيسة الجديدة، أكثر شاملة دين يتأمل كل خدم طائشة.

فيسنت

وأنا سعيد بمثل هذه المهمة الطيبة. وأتعهد بتكريس نفسي إلى أقصى حد ممكن. نحن بحاجة إلى أن نجعل الكنيسة تتطور وأن نكون باب السماء للمؤمنين. شكرا جزيلا لك على هذه الفرصة.

ماري

ليس عليك أن تشكرني. يجب أن أخرج من هنا. ابق مع الله.

فيسنت

شكرا لك يا أمي المحبوبة. سوف أراكم في فرصة أخرى.

عادت أم الله إلى السحابة واختفت في رمش العين. التعب، ذهب الولد للنوم. وسوف تجلب الأيام القليلة المقبلة المزيد من الأخبار.

درس حول الدين

في الصباح الباكر، وبعد الإفطار، بدأ صف اللاهوت مع الطلاب.

المعلم

في البداية خلق الله السماوات والأرض. وبالتدريج، امتلأت المساحات بالكائنات الحية. الله العظيم هو إله التنوع. ثم تم إنشاء الملايين من الأنواع المتميزة، وكل منها له وظيفة خاصة به. وقد أنشئت الأنواع البشرية وأعطيت مهمة رعاية الأرض. كل شئ كان جميلا للغاية مع السلام يسود فى كامل المملكة. إلى أن تمرد الرجال البدائيون بتجاوز قانون الخالق. هكذا جاء الخطيئة التي شوهت المسار الإنساني. ولكن كل شيء لم يضيع. المصالحة مع الله وعد بها في وقت لاحق. لقد رأينا أن السيد المسيح أنجز هذا الدور جيدا بإعطائنا القداسة. خلال صلبه، السيد المسيح أتحد البشرية بأكملها.

فيسنت

هناك بعض الأشياء التي لا أفهمها في هذه النظرية. ألم يكن الإنسان مزدوج إلى الأبد؟ هل مات السيد المسيح لينقذنا من آثامنا أم أنه ضحية مؤامرة لليهود؟

المعلم

والواقع أننا لا نعرف إلا أقل القليل عن منشأ الإنسانية. تشير المخطوطات القديمة إلى أن البشر حافظوا على قداسة في أصلهم وأن انتهاك القانون الإلهي هو سبب أصل الخطيئة. ولا توجد وسيلة لمعرفة حقيقة الأمر. كما قال السيد المسيح: ليس عليك أن تعيش أن تؤمن. وفيما يتعلق بالسؤال الثاني، يمكننا أن نقول إن الفرضيتين صحيحتان. وكان رئيستنا ضحية الخيانة، وكان ذلك بمثابة تضحية من أجل البشرية. السيد المسيح كان مثاليا ولم يستحق الموت. موته كان ثمن تأسيس الكنيسة وخلاصنا.

فيسنت

أنا أفهم وأعتقد. وهذا يقودني إلى تصديق كلماتك. السيد المسيح يمكن أن يكون رمز هذه القوة الخلاقة التي تبني الإنسان. قوة عسدة تفهم تغفر لها تعانق الخير والشر، وهي دائما تتوقع المصالحة. ولكنها أيضا قوة عدالة تحمي الصالح من الشر. في هذا يأتي مفهوم قانون العودة. والشر الذي نفعله يعود إلينا بقوة أكبر.

المعلم

هذا صحيح يا عزيزي. لذلك من الضروري أن نقيم قيمنا. ومن الضروري تصحيح أخطائنا لكي تتطور. فكر قبل التحدث. إن كلمة في غير محلها من الممكن أن تلحق الضرر بجارتنا إلى حد كبير. وقد يؤدي

هذا الضرر إلى مشاكل نفسية مستمرة. فهو لا يذكر الروح البشرية أكثر مما ينبغي.

فيسنت

ولهذا السبب فإن شعاري لم يكن قط سببا في إلحاق الأذى بأي شخص. ولكن الناس لا يأخذون نفس الاهتمام بي. بل إنهم لا يهتمون حتى بالتسبب في الألم وسوء الفهم. الناس أنانيين جدا ومادية.

المعلم

وهذا هو السبب الذي يجعلنا ندرس العقيدة. إنه يفهم أن الله قوة أكبر تفاجئ نقاط ضعفنا. ومن المفهوم أن المغفرة هي نفر من أخطائنا. هو أن نرى في تضحية السيد المسيح علامة حتى يمكن أن نحارب ضد أعدائنا مع يقين النصر.

فيسنت

شكرا أستاذ بدأت أستمتع بالمدرسة. دعونا نمضي قدما!

استمر الصف طوال الصباح وكان وقت المتعة والقبول في إيمان السيد المسيح. بعد الانتهاء من المدرسة، ذهبوا إلى الغداء والراحة. كل شيء كان جيدا في بيت الأمل.

محادثة في حلقة دراسية

لقد مر عامان على دراسة يونج فينسنت. ثم كانت لحظة المحادثة تقترب من أن تقرر مستقبلك.

لا

نحن ندرك أنك شاب مجتهد جدا في كل المجالات. نود أن نهنئكم. ونود أيضا أن نعرف ما هي رغبتكما في المستقبل. هل تريد حقا أن تصبح قسا؟

فيسنت

إنني أقدر الكلمات. لقد كنت السيد المسيح منذ ولدت. إذن، إجابتي إيجابية. أريد أن أنضم إلى سلسلة الخير هذه. أريد أن أربح العديد من الأرواح لربي.

لا

جيد جدا. ثم دعنا ننظم الطقوس المقدسة. قبل ذلك، نرحب بالمشاركين جميعا.

فيسنت

.شكرا جزيلا لك. وأعدك بأنني لن أخليت عن هذه الفرصة
ثم تلاها الحياة. فانثنت كان رسامة كاهن وبدأ نشاطاته بريسلي. لقد كان تحقيق حلم قديم، وكنت أعرف أنه فخر عائلي.

الدخول إلى التجمع الانطباعي

وقد خاطب فيسينتي جماعة السانتيين بهدف عقد اجتماع مع المؤسس.

بول من الصليب

هل تقصد أنك مهتم بالانضمام إلى جماعتنا؟

فيسنت

نعم. وأرى أنكم تتحدثون جيدا عن عملكم. لدي ارتباط بأنشطتك. أريد أن أبذل قصارى جهدي وأن أساهم في نمو الفريق.

بول من الصليب

انا مسرور بقدومك. إن شركتنا مفتوحة لكل من يرغب في التعاون. يسحبني عملك الرسولي ويجعلني أصدق أنك استحواذ رائع. أهلا.

فيسنت

أشعر بالمهلهل. إنه حلم يتحقق أكثر من ذلك. يمكنك أن تتأكد من أنني سأبذل قصارى جهدي.

وقد تم دمج فيسينتي رسميا في الفريق وبدأ في المشاركة في العمل الاجتماعي للطائفة. كان مثالا واضحا للمسيحي.

التجول في البلاد كداعية

في قرية جنوبي إيطاليا

فلاح

هل تقصد أنك مبعوث الله؟ كيف تعتقد أنك تستطيع مساعدة امرأة فلاحية فقيرة يائسة؟

فيسنت

أحضر معي سلام الله. من خلال التعاليم الإلهية، يمكنك التغلب على مشاكلك وتصبح أكثر انجازا.

فلاح

جيد جدا. كيف يمكنني أن أكون سعيدا باتباع القانون الإلهي؟

لا شيء يمكن أن يهربا من مصيرك

فيسنت

حفظ الوصايا. حب الله أولا كما نفسك، لا تقتل، لا تسرق، لا تحسد، تعمل من أجل أحلامك، تغفر وتفعل الخير. هذه بعض الأشياء التي يمكنك القيام بها وتصبح إنسان أفضل.

فلاح

أحيانا أشعر بالحزن بسبب إحباطي الشخصي. وكان حلمي أن أكون طبيبا، ولكن الفقر جعلني أتخذ مسارات أخرى. اليوم أنا عامل يوم وغسالة. مع المال من العمل، أنا أدعم أطفالي الثلاثة. وركض زوجي الكحولي مع امرأة أخرى. أنا نوع من فكر كان هو جيدة لأن هو كان عبء على حياتي. ما زلت أتذكر خياناتك وهذا أمر مؤلم. أردت أن أجد طريقا أوضح إلى حياتي.

فيسنت

اهتم بالأطفال. إنها ثروتك الكبرى. إن أسرتنا هي أعظم ثرواتنا. من تجربتي الحياتية، عاملوهم جيدا. ستحقق أحلامك من خلالها.

فلاح

الحقيقة. أنا أحاول جدا أن أعطيهم كل شيء لم أقم به. أنا مستشارة أم جيدة. أريد فقط ما هو الأفضل لأطفالي.

فيسنت

هذا جيد. الله يبارك فيك ويفي آلامك هناك شرور يأتي أن يعلم. ولا يوجد نصر بدون معاناة. والفشل في الإعداد لنا لكي نكون فائزين حقيقيين.

فلاح

المجد لله. شكرا لك على كل شيئ، الأب.

فيسنت

الحمد لله يا طفلي. أطيب التمنيات لك.

كان عمل القس المسيحي رائعا تماما. لقد أوجج بتعدد الناس بحكمته وإيمانه بالسيد المسيح. مثال ملحوظ أن الغلبة تكون دوما للخير.

وفاة مؤسس المجمع

بول هذا كروز مر بعيدا. كان ذلك ألما فظيعا بالنسبة لفيسينتي الذي كان صديقا جيدا له بشكل خاص. كان يوم عاصف. وحضر حشد من الناس هذه الإيقاظ. بين الصلوات والدموع نعوا خسارة ذلك الرجل

| 57 |

العظيم. إن الموت أمر لا يمكن تفسيره حقا. فالموت له القدرة على التخلص من وجود أولئك الذين نحبهم أكثر من أي مكان.

وغادر موكب الجنازة المنزل وتقدم في شوارع المدينة باتجاه المقبرة. كان بعد ظهر مشمس مع رياح شديدة ضربت وجوههم بشكل مخيف. وهناك، انتهى مسار الرجل النبيل. رجل مكرس لإيمانه الديني العرض الأمامي من الحفرة المحفورة في المقبرة. في هذه المرحلة

يتم تقديم الكلمة الأخيرة إلى تلميعك الرئيسي. عزيزنا فيسينتي.

لقد حان الوقت لوداع رجل عظيم. رجل له مهنة رائعة أمام جماعته." لقد عمل مهمته حقا. وفي مشروعه، ساعد الآلاف من الناس بنصيحته ومساعده المالية ومثله الطيب. ترك أثرا من النبلاء. كان فخورا بأسرته ومجتمعه وإخوته المسيحيين. وكان له طابع لا رجعة فيه ألهمنا أن نكون بشرا أفضل. إذهب في سلام، الأخ! هل الله الخالق يعطيك الباقي الذي تستحقه. وفي يوم سنجتمع مرة أخرى.

وبين الدموع والتصفيق تم دفن الجثة. هناك أنهى المسار من رجل عظيمة على أرض. لقد ترك الأمر ليتمنى له قدرا كبيرا من الحظ في موطنه الأبدي الجديد.

تعيين أسقف

نشأ فينسنت ماري في مهمته وقداسة. وكان عمله الرسولي محل إعجاب الجميع. كمكافأة لعمله، قرر أبرشية أن يروج ه إلى المنصب الأسقف.

لقد حان اليوم. وفي احتفال خاص تجمع رجال الدين في احتفال كبير.

أسقف سابق

لقد حان الوقت للتقاعد وإنفاق ما تبقى من عمري القديم أثناء الراحة. إذا، اخترنا فينسنت ماري لأخذ مكانتي. وهو كاهن يتمتع بمهارات عالية في هذا العمل. وكان مشروعه في التجمع أداة قيمة للكنيسة الكاثوليكية في مكافحة الزنادقة وفي غزو المؤمنين الجدد. أتمنى لك بعض الحظ السعيد، يا حبيبي. هل هناك أي شيء يجب إعلانه؟

فنسنت ماري

إنه لشرف لي أن أستلم مثل هذا الديكور. وأتعهد بأن أبقى صادقا مع معتقداتي وأن ألتزم بقانون الكنيسة الأم المقدسة. الله معي في هذه إعادة بدء المسيرة العظيمة.

تصفيق أعطيت إلى كلا من أنت. لقد كانت دورة جديدة في حياة الجميع. هم عرفوا أن الأبرشية كان آمنة وأن الأم المقدسة كنيسة كان ذهبت أن ينمو [إفن مور]. الله مع الجميع!

غزو نابليون بونابرت

كان نابليون بونابرت إمبراطور اغتصب الكنيسة. من أجل السيطرة على الطائفة بأكملها، غزا الجنود المطرانية مطالبين بمنصب من الأسقف.

جندي

نحن هنا نيابة عن نابليون بونابرت. اللورد بيشوب هل تخضع لسلطة نابليون بونابرت؟

فنسنت ماري

أبدا. لا استسلم لسلطة أسي رجل، أنا خادم السيد المسيح الوحيد.

جندي

حسنا، هذا هو. أنا سأجبره على القبض عليه. سيكون لديك الكثير من المعاناة لكي تتعلم كيف تحترم السلطات.

فنسنت ماري

إذا كانت هذه إرادة الله، أنا مستعد! يمكنك أخذني. لا أخشى من عدالة الرجال.

وقد اقتيد الأسقف إلى السجن. وقد تم بعد ذلك نفيه إلى مدينتي نوفارا وميلان لمدة سبع سنوات.

فترة المنفى

وخلال السنوات السبع التي كان فيها منفيا، عانى فنسنت من أكثر أنواع التعذيب الجسدي والشفهية تنوعا مما أثبت إيمانه. كانت هذه أوقات عصيبة حين كانت الإمبريالية القوة الأعظم. تقرير عنه في السجن:

"إن الرب الله، كيف أعاني! أنا أجد نفسي في طريق خارجا. إن القامعين كثيرين وقويين. أشعر أنني وحدي. وفي غضون ذلك، سيدي، أنتم قوتي وقوتك. أنا أؤمن بك عودة. وأعتقد أن هذه مرحلة وأن يدك

القوية يمكن أن تأتي لتغيير حياتي. أنا أثق في قيمي وإيماني. كل شيء سيكون جيدا".

جندي

لقد سقطت مملكة نابليون بونابرت. أنت حرة أن يرجع إلى أسقفية ك.

فيسنت

المجد لله. لا أعرف كيف أشكركم على هذا الإصدار. للمرة الأولى في حياتي، أشعر بحرية تامة. المجد لله لهذا! وقد تستمر مهمتي.

وداع البعثة

وكان فينسنت ماريا قد شغل منصب الأسقف لعدة سنوات أخرى. وبكونه أكبر سنا، طلب استقالته. وقال إنه لا يزال، متحرر من التزاماته، يساعد في بعثات التعليم. وقد مددت مهمته حتى نهاية أيامه. وقد تمت تطويب مقامه الرسمي في عام 1950.

النهاية

www.ingramcontent.com/pod-product-compliance
Lightning Source LLC
LaVergne TN
LVHW020436080526
838202LV00055B/5222
* 9 7 8 6 5 9 9 7 0 4 4 2 0 *